Jungenpower

Karin Kampwerth
Thorsten Rienth

Jungen-Power

Mit Illustrationen
von Alexander Weiler

Thienemann

Mehr heiße Tipps & coole Tricks:

Bye, bye Liebeskummer – So kommst du drüber weg
Clique & Co. – Freunde bekommen, behalten, loswerden
Klassenbeste(r) in 4 Wochen – Viel Erfolg mit wenig Aufwand
Nie mehr pleite! – Wie man seine Geldsorgen loswird
So ticken Mädchen – Eine Gebrauchsanweisung für Jungs
So überlebst du die Schule – Survivaltipps für die härteste Zeit des Lebens

Kampwerth, Karin/Rienth, Thorsten:
Jungenpower – Pubertieren leicht gemacht
ISBN 978 3 522 17960 7

Einband- und Innenillustrationen: Alexander Weiler
Satz und Aufbau: Prill Partners producing, Berlin
Schrift: Excelsior
Reproduktion: LVD GmbH, Berlin
Druck und Bindung: Friedrich Pustet, Regensburg

4 3 2 1°   08 09 10 11

www.thienemann.de

INHALT

ALLES KLAR ZUM DURCHSTARTEN!

Naturkatastrophe, härteste Zeit im Leben, ein Gehirn wie ein ungesichertes Chemiekraftwerk – zugegeben, all das, was man so über die Pubertät hört, klingt nach Stress statt nach Fun. Und trotzdem gibt es keinen Weg, dieser aufreibenden Zeit des Erwachsenwerdens auszuweichen. Da musst du durch! Aber keine Panik: Die Pubertät ist nicht nur anstrengend, sie gehört auch zu den aufregendsten Zeiten im Leben. Garantiert! So kannst du dich zum Beispiel auf die Erkenntnis freuen, dass Mädchen zwar zickig sind, aber irgendwie auch spannend und geheimnisvoll.

Und du checkst, dass du langsam, aber sicher aus dem Alter rauskommt, in dem dir liebe Tanten ständig über den Schopf wuscheln. Von Erwachsenen willst du endlich ernst genommen werden. Auch an deinen Eltern wirst du durchaus coole Seiten entdecken. Sie erlauben dir plötzlich, abends länger aufzubleiben, um einen Psychothriller oder noch die zweite Halbzeit eines Fußballländerspiels im Fernsehen anzusehen. Sie machen kein Theater, wenn du dich mit deinen Kumpels in der Stadt treffen willst und dazu vielleicht allein mit der S- oder U-Bahn unterwegs sein musst. Aber auch an dir wirst du eine Menge unbekannter Dinge kennenlernen. Das gilt übrigens nicht nur für das rein Äußerliche, wenn dein Körper langsam, aber sicher männliche Formen annimmt. Selbst dein inneres Programm schlägt einen neuen Kurs ein, der wie alles in der Pubertät größtenteils von der Produktion der Hormone bestimmt wird.

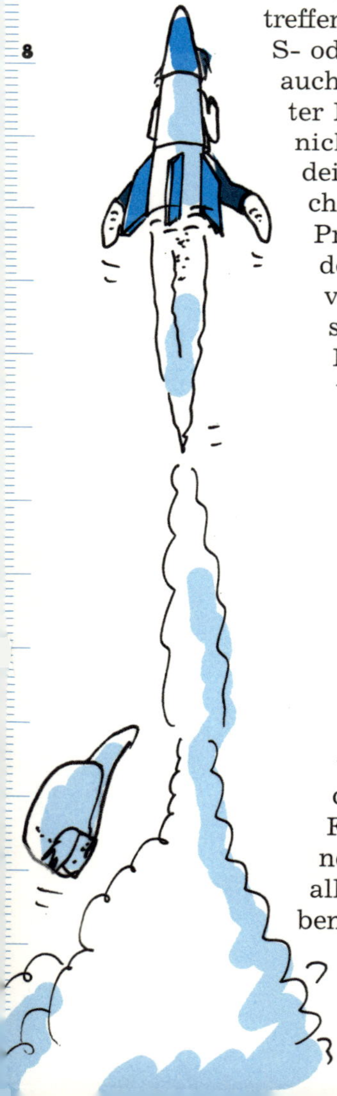

Fabriziert werden die Formeln fürs Erwachsenwerden übrigens in der Hirnanhangdrüse *(Hypophyse)*, die für die nächsten Jahre zu einer Großbaustelle deiner Persönlichkeit wird. Hier werden bei Jungs durchschnittlich zwischen dem 11. und 16. Lebensjahr echte Höchstleistungen vollbracht. Damit du trotz heftigster Veränderungen später mal ein echter Kerl wirst. Eigentlich kein Wunder, dass bei der Generalüberholung vom Milchbubi zum Mann der Motor manchmal ins Stottern gerät und zwischen den angenehmen Seiten des Älterwerdens auch ein paar fiese Fallen lauern. Trotzdem bleibt es bei einem gerechten Unentschieden zwischen all den Vor- und Nachteilen dieser aufreibenden Entwicklungsphase.

FREU DICH DESHALB AUF …

- … mehr Freiheiten in der Familie.
- … Mädchen, die unbekannten Wesen.
- … Musik statt Matchbox-Autos.
- … Partys.
- … mehr Spaß mit den Kumpels.

NERVEN KÖNNEN DAGEGEN …

- … plötzliche Stimmungsschwankungen.
- … zu schnelle körperliche Veränderungen.
- … Mädchen, die unbekannten Wesen.
- … Eltern, die sich »seltsam« benehmen.
- … Kommentare von Erwachsenen, die dich auf deine körperlichen Veränderungen ansprechen.

Dieses Buch hilft dir, die Pubertät trotz mancher Stresssituation lockerer zu überstehen. So erfährst du eine Menge darüber, was in Kopf und Körper wirklich abgeht und mit welchen Tipps und Tricks du kleine Durchhänger beim Erwachsenwerden mal eben ins Abseits schicken kannst.

ALLES NEU –

innen und außen

Wann auch immer der Startschuss fürs Pubertätsprogramm fällt – sicher ist nur, dass es passiert. Und das meist still und unauffällig. Wahrscheinlich merkst du selbst als Letzter, dass da etwas Seltsames in deinem Körper abgeht. Hier bekommst du schon jetzt den Durchblick.

DAS INNERE PROGRAMM

Vor allem in der Startphase der Pubertät wird ein riesiger biochemischer Prozess in Gang gesetzt, der weder sicht- noch spürbar ist. Denn erst wenn Unmengen hyperaktiver Hormone an ihrem Zielort angekommen sind und dort ihre Arbeit verrichten, kannst du auch äußerliche Veränderungen wahrnehmen. Aber das kann ganz schön dauern!

Der Countdown läuft!

Zunächst die gute Nachricht: Wenn Mädchen anfangen, rumzuzicken, und komisch werden, können sich Jungs noch mal entspannt zurücklehnen. Das Pubertätsprogramm startet bei ihnen im Schnitt anderthalb bis zwei Jahre später als bei Mädchen. Warum die Boys eine kleine Schonfrist haben, hat die Wissenschaft noch nicht herausgefunden. Nur dass es so ist, weiß man. Ab einem Alter von durchschnittlich elf bis zwölf Jahren kommen aber auch Jungs nicht um das herum, was du dir wie einen Science-Fiction-Film vorstellen kannst: In einer riesigen Steuerzentrale steht der Captain und gibt seine Kommandos: Alle Mann auf ihre Posten! Wir müssen die Pubertät anschieben, und das mit voller Kraft! Genauso passiert es im menschlichen Körper. Ein kleiner Teil des Zwischenhirns, der *Hypothalamus,* befiehlt seiner Hormonchefin, der Hypophyse, jetzt mal ganz flott ein paar Anschubhormone loszuschicken, damit endlich das Pubertätsprogramm starten kann.

Mensch, bist du groß geworden!

Das ist das Erste, was dir auffallen wird – du wächst. Das liegt daran, dass zu Beginn erst einmal jede Menge Wachstumshormone rausgeschickt werden. Sie sorgen dafür, dass sich der Körper im Allgemeinen verändert. Einen richtigen Wachstumsschub haben Jungs durchschnittlich mit 13 Jahren. Damit du dich aber auch zum Mann entwickeln kannst, müssen die Geschlechtshormone zur Arbeit antreten. Das wichtigste Geschlechtshormon bei Jungs heißt *Testosteron* – das ist sozusagen der Ferrari der körperlichen Entwicklungshilfe, denn jetzt heißt es, richtig Gas geben für einen knackigen Body. Testosteron prägt die sogenannten sekundären Geschlechtsmerkmale, also all das, woran man äußerlich erkennt, dass du erwachsen wirst. Testosteron ist damit verantwortlich für Muskel- und Körperwachstum sowie für die zunehmende Körperbehaarung. Ob Jungs später mal zur Brusthaarrasur greifen müssen oder sich einen gepflegten Vollbart wachsen lassen können, entscheidet übrigens das viel weniger bekannte Hormon *Gonadotropin,* dessen Konzentration im Blut letztendlich verantwortlich ist für die Höhe des Testosteronspiegels. Parallel dazu wachsen Penis und Hodensack, dessen Oberflächenbeschaffenheit und Färbung sich verändern wird. Im Inneren des Körpers reifen Samenleiter, Samenblase und Prostata heran.

Das ist ja mal heftig:

Zu Beginn der Pubertät steigt der Testosteronspiegel bei Jungs um das Zwei- bis Dreifache an.

Jetzt oder wann?

Es ist logisch, dass innere und äußere Entwicklungsprozesse nicht wie ein Urknall verlaufen nach dem Motto: »Peng, jetzt bist du erwachsen.« Umso drängender stellt sich für Jungs etwa ab 12 Jahren die Frage, wann es denn endlich losgeht, ob es schon losgegangen ist und was eigentlich passiert. Mädchen haben da einen echten Vorteil: Sie wissen, dass sie mitten in der Pubertät sind, sobald ihre Regelblutung einsetzt. Für Jungs beginnt die Pubertät, sobald sie das Sprießen der ersten Schamhaare entdecken. Nachfolgend gibt's für alle Ungeduldigen einen Quick-Check fürs Pubertätsprogramm.

Was wächst wann?

Hodenwachstum: 9.–14. Lebensjahr
Peniswachstum: 10.–15. Lebensjahr
Erste Schambehaarung: 10.–15. Lebensjahr
Erster Längenwachstumsschub: 11.–14. Lebensjahr
Erste Achselbehaarung: 12.–14. Lebensjahr
Einsetzen des Bartwuchses: 12.–15. Lebensjahr

Verflixte Hormone!

Schießt der Testosteronspiegel mal wieder richtig in die Höhe, kann das so sehr nerven, dass du am liebsten im Boden versinken würdest. Weil die Hormone noch nach ihrem Gleichgewicht suchen, kommt es zu diversen Störmanövern wie etwa nächtlichen Samenergüssen oder einem steifen Penis mitten auf dem Pausenhof. Dummerweise ist das noch nicht alles, aber immerhin vielleicht das Schlimmste. Worauf du dich außerdem vorbereiten solltest, sind diese Kleinigkeiten:

* **STIMMBRUCH:** Kehlkopf und Stimmlippen wachsen, weshalb die Stimme bis zu einer Oktave tiefer wird. Das passiert zwischen dem 11. und 16. Lebensjahr und führt dazu, dass manche Töne öfter mal ausreißen. Zu erkennen ist das an den typischen Kiekslauten.
* **PICKEL:** Na ja, Mädchen trifft es schlimmer. Aber auch Jungs kennen Probleme mit fettiger Haut und verstopften Poren.
* **BRUSTWACHSTUM:** Nicht erschrecken, aber bei der Hälfte aller Jungs kommt es in der Pubertät zu einem Anschwellen der Brust. Das ist zwar lästig, wird aber von einer gesteigerten Produktion des weiblichen Hormons *Östrogen* verursacht und verschwindet nach wenigen Wochen wieder.

Übrigens: Das Wort *Pubertät* kommt von dem lateinischen Wort *pubertas* und bedeutet so viel wie Mannbarkeit. Damit wird die Geschlechtsreife bezeichnet. Jungs können Vater werden – und Mädchen Mutter.

Frühstarter oder Spätzünder?

Wie bereits erwähnt, sind die biologischen Faktoren dafür verantwortlich, wann Kopf und Körper entscheiden, erwachsen zu werden. Wie schön, dass es für Frühstarter und Spätzünder wenigstens Studien gibt, die die Vor- und Nachteile beleuchten. Und was ist besser? Entscheide selbst …

Ein Junge, der früh in die Pubertät kommt …

- … gilt bei Erwachsenen als unabhängig und selbstbewusst.
- … ist stärker als seine Kumpels, weil mit dem Hormonkraftwerk im Kopf die körperliche Leistungsfähigkeit rasant zunimmt.
- … ist in der Clique häufig der Leader.

Ein Junge, der spät in die Pubertät kommt …

- … fühlt sich Umfrageergebnissen zufolge beim Erwachsenwerden wohler und hat weniger Nebenwirkungen zu befürchten.
- … hat länger Zeit, sich mit Mädchen und Sexualität auseinanderzusetzen.
- … ist emotional und sozial reifer und kann besser verstehen, was mit ihm passiert.

Wilde Kerle

Jungs und natürlich auch Mädchen machen inzwischen ziemlich Tempo beim Start in die Pubertät. Eine Studie hat ergeben, dass sich die Geschlechtsreife pro Jahrgang um zwei Monate nach vorne verschiebt. Sollten die Berechnungen stimmen, kommen Teenies im Jahr 2010 schon mit zehn Jahren in die Pubertät. Frühreif ist deshalb keiner. Die Wissenschaft glaubt vielmehr daran, dass die bessere medizinische Versorgung und die reichhaltigere Ernährung Gründe für die früher einsetzende Pubertät sind.

Mann, bin ich schlecht drauf …

Sicher kennst du die Situation: Gerade eben war die Welt noch vollkommen in Ordnung, du liegst gemütlich mit deinem MP3-Player auf deinem Bett, als plötzlich deine Mutter ins Zimmer stürmt und über nicht vorhandene Ordnung, Faulheit oder zu wenig Lernen lamentiert. Oder dein Vater dich am Wochenende aus dem Bett sprengt, weil der Rasen gemäht, das Auto gewaschen und weiß der Teufel was erledigt werden muss. Und das, obwohl du einfach nur ausschlafen und deine Ruhe haben willst. Kein Wunder, dass dir da der Kragen platzt. Schließlich erlebst du die ganze Palette zwischenmenschlicher Gefühle im Turbo-Gang. Oder wie ein amerikanischer Wissenschaftler es so schön formulierte: Es ist, als fehlten den pubertierenden Jugendlichen die Bremsen, mit denen sie starke Gefühle herunterfahren können.

Kein Wunder, dass du dich manchmal danach zurücksehnst, wieder Mamis kleiner Junge und Papas ganzer Stolz zu sein, weil du den höchsten Legoturm der Welt bauen kannst. Das machte definitiv mehr Spaß, als jetzt für die Familie zu schuften. Was dahintersteckt, ist aber weniger echte Faulheit, als vielmehr die fehlende Balance zwischen der Sehnsucht nach dem Erwachsenwerden und der Wehmut über die beendete Kindheit. Addierst du das »Kabelchaos« in deinem Kopf dazu, weißt du, warum du immer mal wieder ohne echten Anlass superschlecht drauf bist. Dazu kommt noch ein weiterer riesiger Themenkosmos, mit dem du dich plötzlich auseinandersetzen musst. Erwachsen zu werden bedeutet leider nicht nur eine Menge mehr Freiheit, sondern auch eine Menge mehr Stress mit den Eltern. Sich von Mamis Rockzipfel zu lösen, kann ganz schön anstrengend sein. Aber auch deine Eltern haben damit zu kämpfen, dass ihr kleiner Prinz zunehmend eigene Wege gehen will. Wie ihr das gemeinsam auf die Reihe kriegt und dabei den einen oder anderen Stolperstein meistert, erfährst du im Kapitel »Eltern«.

Aber zurück zum Chaos im Kopf. Das Durcheinander werden die Mädchen garantiert noch vergrößern. Gestern noch Zicke, findest du die eine Bestimmte plötzlich irgendwie interessant. Du würdest gern mehr von ihr erfahren und mit ihr quatschen. Aber wie sollst du sie auf dich aufmerksam machen? Das ist manchmal eine ganz schön schwierige Geschichte, bei der du dir vielleicht selbst öfter wie eine Marionette vorkommst: Anstatt nett und freundlich zu ihr zu sein, benimmst du dich wie die Axt im Wald – als wäre dein Verhalten fremdgesteuert.

Braindead but happy: Das Hirn ist schuld!

Neben all den Auswirkungen, für die die Hormone ohnehin schon verantwortlich sind, gibt es auch im Gehirn noch einige Baustellen, die für Gefühlschaos und Lebenslaunen zuständig sind. Das heißt im Klartext: Pubertierende müssen impulsiv sein und das Gefühlschaos ist Programm! Amerikanische und kanadische Forscher haben die Gehirnentwicklung bei eintausend Jugendlichen vor, während und nach der Pubertät vermessen, beobachtet und durchleuchtet. Und sie haben herausgefunden: Das Teenager-Hirn gleicht einer Baustelle.

Ungefähr ab dem elften Lebensjahr wächst die Hirnsubstanz dramatisch und es kommt zu einem umfassenden Umbau der Nervenverbindungen. So entsteht eine Art Kabelsalat im Kopf. Und da die Verknüpfung der unterschiedlichen Nervenverbindungen nicht immer gleich vollständig gelingt, sind auch Fähigkeiten wie Selbstkontrolle oder Organisation nicht immer vorhanden. Kurz gesagt: Das Hirn ist schuld, aber nicht für ewig. Denn mit dem Ende der Pubertät ist der enorme »Arbeitsprozess« in deinem Denkorgan abgeschlossen. Dann haben auch die letzten Nervenbahnen, also auch die, die für die Gefühle verantwortlich sind, eine Art Schutzschicht bekommen und liegen nicht mehr blank.

Sonst noch was?
Ein weiteres Manko während der Pubertät ist das außer Gleichgewicht gesetzte *limbische System*. Es ist verantwortlich für Gefühle wie Lust, Ärger, Wut, Angst und Liebe. Aber keine Panik: Auch dieses System pendelt sich im Laufe der Zeit ein und zum Ende der Pubertät ist alles wieder »normal«. Bis dahin musst du irgendwie mit den verschiedenen Emotionen leben. Jungs haben damit leider mehr Stress als Mädchen. Denn im Gegensatz zu den Mädchen erwartet man von ihnen immer noch, große Gefühlsausbrüche zu vermeiden. Während Mädchen einfach losheulen dürfen und sich alle tröstend um sie scharren, würdest du dich in der gleichen Situation zur absoluten Witzfigur machen. Kein Wunder, dass Jungs manchmal einfach losbrüllen und aggressiv wirken. Das liegt an den nach wie vor eingefahrenen Definitionen von männlich und weiblich. Kleiner Tipp: Wenn dir nach Tränen zumute ist, solltest du sie nicht allzu lange zurückhalten. Schließ dich in dein Zimmer ein und lass ihnen freien Lauf. Damit spülst du all das, was dir wie ein hochexplosiver Kloß im Hals steckt, einfach weg.

DAS ÄUSSERE PROGRAMM

Es beginnt ganz unauffällig: Alles wächst, aber nichts scheint mehr so richtig zum anderen zu passen. Meistens wachsen bei Jungs die Arme und Beine schneller als der Rest des Körpers. Ein bisschen später ist dann auf einmal die Nase riesengroß und auch die Figur ändert sich. Der eine ist ein Schlacks, der andere wird plötzlich pummelig. Aber keine Angst, spätestens mit der Bildung all deiner Muskelmasse passt der »ganze Kerl« wieder prima zusammen. Davor wird aber auch noch ein zarter Flaum im Schambereich und unter den Achseln sichtbar, ganz langsam sprießen auch die ersten Barthaare. Leider gehören manchmal Pickel dazu und Beine, die stachelig sind wie ein Igel. Tja, und nicht zuletzt tut sich unten herum einiges. Der Hodensack wächst und auch der Penis wird nicht nur größer, sondern er beginnt ein seltsames Eigenleben. Jetzt ist die Pubertät nicht mehr nur zu sehen – sie führt mitten rein ins Epizentrum des Gefühlserdbebens …

Hilfe, ich wachse!

Das Erste, was dir auffallen wird – du wächst. Das liegt daran, dass der Körper damit anfängt, eine ganze Menge Hormone auszuschütten. Ein richtiger Hormoncocktail fließt auf einmal durch deine Adern. Mit dabei sind die Wachstumshormone. Die sorgen dafür, dass der Körper manchmal regelrecht in die Höhe schießt und aus dem Jungen einen Mann macht. Wann das aber genau passiert, ist höchst unterschiedlich: Da sitzen in einer Schulklasse Jungs, die in den letzten Monaten locker ein paar Zentimeter zugelegt haben, während bei anderen noch gar nichts zu sehen ist. Beides ist normal: Wachstum verläuft meistens ganz schön unregelmäßig. Wer relativ früh schnell zulegt, macht wahrscheinlich ein paar Monate später eine

Wachstumspause. Und wer am Anfang vielleicht als »Kleiner« gehänselt wird, hat am Ende die Nase vorn. Wer zuletzt lacht, lacht bekanntlich am besten ... Nur noch ein paar Monate, und der »Rückstand« ist wieder aufgeholt. Etwas ist ganz wichtig: Miss dich selbst nicht nur an deiner Körpergröße! Einen kleineren Körper zu haben, heißt überhaupt nicht, dass der Verstand genauso klein ist. Also: Schau auf das, was du gut kannst und meistens sogar viel besser als andere. Da gibt's garantiert einiges, stimmt's?

Dos und Don´ts: Was Jungs jetzt auf gar keinen Fall hören wollen

Bemerkungen wie: »Kannst du mal aufhören, soooo cool zu sein«, oder schnippische Fragen wie: »Na, hast du denn schon eine Freundin?«, können Jungs ganz schön auf die Palme bringen. In der Pubertät noch viel leichter als zu anderen Zeiten. Solche Sprüche jetzt von den Eltern zu hören, bringt dich gleich doppelt auf Touren. Gerade am Anfang der Pubertät kann es nämlich leicht passieren, dass du dich richtig schlecht fühlst und die Laune schnell wechselt. Auch das gehört zu den »Nebenwirkungen« des Hormoncocktails in deinem Blut. Während der Pubertät ist das limbische System ziemlich aus dem Gleichgewicht. Mit der Zeit pendelt es sich aber wieder ein – nervtötend sind diese Stimmungsschwankungen trotzdem. Besonders unfair ist, dass Mädchen sich generell mehr Emotionen erlauben dürfen und man bei ihnen über diese Aufs und Abs mit einem gewissen Lächeln gern hinwegsieht.

Grenzen setzen!

Klar, dass Jungs jetzt nicht mehr von der Tante bei der Du-bist-aber-süß-Begrüßung in die Wange gekniffen werden wollen. Aber verglichen mit anderen Dingen, ist das harmlos. Wenn sich deine Mutter schon wieder über den Saustall in deinem Zimmer aufregt, obwohl du eh für nächste Woche einen richtigen Großputz geplant hast, kann das ganz schön nerven, keine Frage! Noch schlimmer ist es allerdings, wenn's auch noch peinlich wird. Deine Mutter dir zum Beispiel vor der ganzen Familie – oder, der Supergau, vor deinen Freunden – vorwirft, dass du nie deine Haare aus dem Abfluss der Dusche entfernst. Es ist verständlich, dass du dich gerade über dieses »Nie« tierisch aufregen könntest. Es setzt ja voraus, dass du tatsächlich noch kein einziges Mal die Haare aus dem Abfluss gefischt hast. Deshalb ein Tipp: Wenn du so was ganz und gar nicht hören willst, dann sag es! Das Aufstellen von eigentlich ganz kleinen Spielregeln kann Wunder bewirken. Zu diesen Regeln könnte gehören, dass du eine solche Kritik nicht vor deinen Freunden oder am Abendbrottisch diskutieren willst. Spielregeln helfen übrigens auch deinen Eltern, denn für sie ist deine Pubertät etwas genauso Neues wie für dich. Und beim Umgang mit pubertierenden Jungs sind die Erwachsenen meistens mehr verunsichert, als du denkst. Ein dezenter ruhiger Hinweis deinerseits ist also immer besser, als ein falscher Satz oder gar ein Schimpfwort, bei dem dann der sprichwörtliche Deckel hochgeht. Dass es Tage gibt, an denen das leichter fällt als an anderen, ist genauso normal wie Stimmungschwankungen in der Pubertät. Du solltest nur nicht versuchen, zwanghaft gegen so ein Auf und Ab anzukämpfen. Bist du gut drauf – genieß es! Kriegst du schlechte Laune, denk daran, dass auch diese wieder vorbeigeht. Meistens passiert das sogar genau dann, wenn du es am wenigsten erwartest.

Von Größen und Breiten

Klar ist es spannend, wenn du dich äußerlich zum Mann entwickelst. Gleichzeitig ist es gut möglich, dass dir diese körperliche »Verwandlung« gerade am Anfang der Pubertät nicht leichtfällt oder sogar ein bisschen unangenehm ist. Weil man bei seinen »Leidensgenossen« nicht einfach mal nachschauen kann, wie die Dinge bei ihnen denn so wachsen, bleibt am Anfang meist nur der Vergleich mit Leuten aus der Öffentlichkeit. Das bedeutet, dich mit gut gebauten Männermodels und ihren Waschbrettbäuchen zu vergleichen. So ein Vergleich wäre dir selbst gegenüber aber höchst unfair! Denn das, was du in Hochglanzmagazinen oder im Fernsehen siehst, hat ziemlich wenig mit der Normalität zu tun.

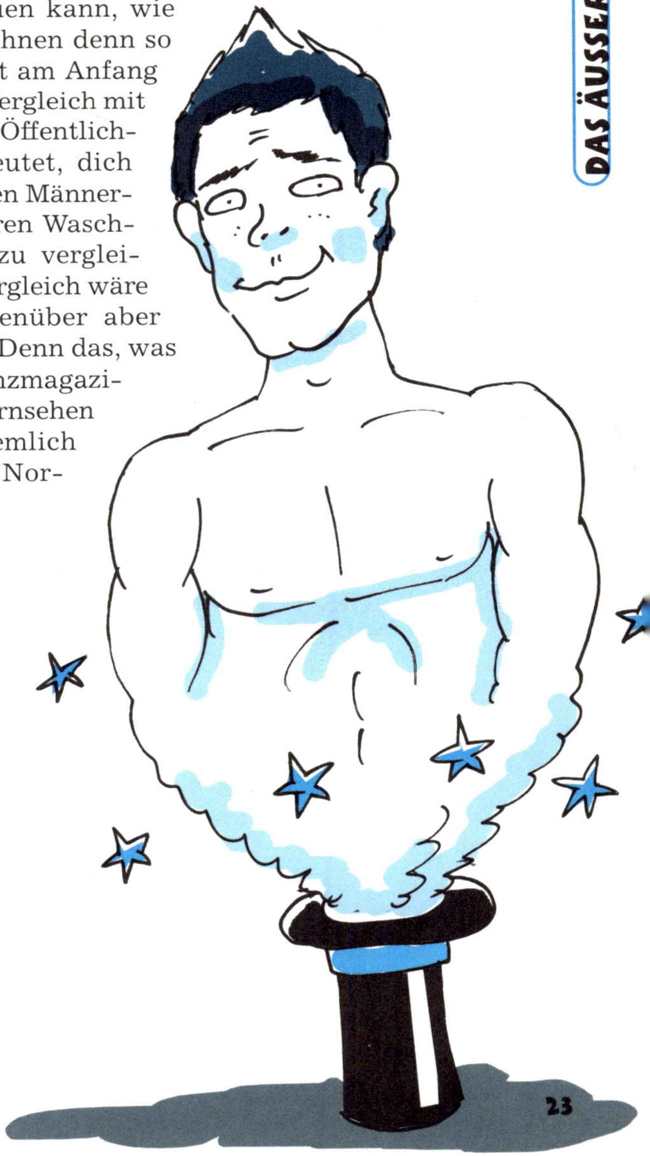

Der Penis

Über kein anderes Körperteil wird unter Jungs so viel diskutiert wie über ihren Penis. Das liegt daran, dass Jungs oft glauben, »ihrer« wäre kleiner als der aller anderen. Noch häufiger herrscht sogar das Vorurteil, ein größerer Penis sei besonders männlich und bei Mädchen heiß begehrt. Achtung: Da wird jede Menge Unsinn behauptet! Es ist zwar ganz normal, dass du dir diese Fragen stellst – allerdings ganz umsonst. Denn mit einem großen Penis wirst du weder ein besserer Lover, noch ein besonders männlicher Typ! Egal, wie lang, dick, dünn oder kurz dein bestes Stück ist: Du kannst eh nichts daran ändern. Es gibt auch gar keinen Grund, dein Selbstbewusstsein von diesem einen Körperteil abhängig zu machen! Der Punkt ist doch, wie du damit umgehst. Und das hat noch jeder gelernt, wenn auch nicht von heute auf morgen.

Brüste, ich?

Bei etwa der Hälfte aller Jungs kommt es während der Pubertät zu einer vorübergehenden Vergrößerung der Brust. Bei manchen ist nur eine Brust betroffen, bei den allermeisten schwellen beide Brüste an. Meistens beginnt dieses Wachstum als weiche empfindliche Beule unter der Brustwarze. Danach schwillt auch die umliegende Stelle an. In Fachkreisen bezeichnet man dieses Anschwellen der männlichen Brust als *Pubertätsgynäkomastie*.

Keine Angst, das ist keine gefährliche Krankheit, sondern einfach die Folge einer Hormonstörung, die bei einigen Jungs während des Wachstums in der Pubertät auftritt. Meistens ist der Spuk schon nach wenigen Monaten wieder vorbei. Wer Pech hat, muss allerdings bis zu zwei Jahre warten, bis die Schwellung wieder ganz abgeklungen ist. So eine vorübergehende Brustvergrößerung liegt an einem zu hohen Anteil Östrogenen im männlichen Körper. Normalerweise sind diese Hormone bei Mädchen für das Wachstum der Brustdrüsen zuständig – dass sie auch bei Jungs in kleinen Mengen im Blut vorkommen, ist normal. Wird allerdings zu viel Östrogen ausgeschüttet, dann heißt es auch bei Jungs: Die Brüste vergrößern sich. Wenn sich die Hormonproduktion normalisiert, schwellen die Brüste wieder ab.

Hitliste der größten Vorurteile

- Je größer der Penis, desto besser der Liebhaber, der das gute Stück sein Eigen nennt.
- Pickel gehen nie mehr weg!
- Mädchen mögen keine kuscheligen Wasch*bär*bäuche, sondern nur knackige Wasch*brett*bäuche.
- Anschwellende Brüste gibt es nur bei Mädchen und sind für Jungs etwas ziemlich Peinliches.

GEPFLEGT DURCH DIE PUBERTÄT

Müffelige T-Shirts, Schweißfüße und Pickel im Gesicht! Die Pubertät setzt echte Duftmarken und zeigt sich auch sonst nicht immer von ihrer schönsten Seite. Wie gut, dass gegen alles ein Kraut gewachsen ist oder du ziemlich einfach nachhelfen kannst. Hier erfährst du, was du alles tun kannst, damit du nicht nur bei Mädchen richtig dufte rüberkommst, und wie du dich gegen ein drohendes Minenfeld im Gesicht zur Wehr setzen kannst.

Was riecht denn hier so komisch?

Schweißnasse Achseln nach dem Fußballspielen, Käsefüße, wenn du vom Skateboard steigst: Das ist eigentlich nichts Neues, oder? Doch plötzlich fängt es an diesen Stellen übel zu riechen an. Dafür gibt es eine ganz einfache Erklärung – und auch ein paar Tricks, mit denen du dich erfolgreich wehren kannst. Weil das Pubertätsprogramm wegen seines Umfangs störanfällig ist, kann es sogar Zeiten geben, in denen dir der Schweiß nur so runterrinnt. Ohne dass du Joggen warst oder vor deinem Traumgirl stehst. Verantwortlich für den üblen Duft ist nicht der Schweiß an sich, sondern winzige Lebewesen auf der Haut: Bakterien. Sie zersetzen den Schweiß und das entstehende Abfallprodukt stinkt manchmal buchstäblich zum Himmel. Menschen haben über den gesamten Körper verteilt etwa drei Millionen Schweißdrüsen – viele sitzen dort, wo es besonders oft muffelt: in der Haut der Achseln und in der Genitalgegend. Doch das ist leider nicht alles. Für den strengen Körpergeruch mitverantwortlich ist das männliche Sexualhormon Testosteron, das ausgerechnet in der Pubertät sprunghaft um das Zwei- bis Dreifache seines normalen Werts ansteigt. Weil sich daran auch mit Medizin nichts ändern lässt, hilft nur Körperhygiene. Also: Waschlappen, Dusche und Seife.

Geruchlos glücklich

Einige kleine Tricks gegen das Schwitzen gibt es dennoch, ohne dass du gleich wie ein Hund zu hecheln anfangen musst.

* **DIE RICHTIGE KLEIDUNG:** Achte auf einen möglichst hohen Baumwollanteil. In Pullis oder T-Shirts mit Kunstfasern schwitzt du gleich viel mehr, weil die Haut nicht so gut atmen kann.
* **DAS RICHTIGE GETRÄNK:** Trinkst du zum Beispiel eine eiskalte Cola, schmeckt das zwar wunderbar erfrischend. Dein Körper stuft den eiskalten halben Liter in deinem Magen aber als Kältegefahr ein und steuert dagegen, indem er jede Menge Wärme produziert. Deswegen ist es eigentlich – vor allem an warmen Tagen – wesentlich besser, statt der kalten Cola einen lauwarmen Tee zu trinken. Damit »täuschst« du deinen Körper genau in die andere Richtung: Jetzt spürt er, dass es warm genug ist, und hört auf, weitere Wärme zu produzieren. Macht er das, werden sich auch die Schweißporen nicht mehr öffnen – denn geschwitzt wird wegen der Kühlung, die das verdunstende Wasser dem Körper bringt.

* **KAMPF DEM SCHWEISS:** Ein echter Killer sind auch die Füße, die stundenlang in Sneakers stecken. Also: schweißhemmende Sohlen einlegen, lieber knappe Sneakersocken tragen und an besonders heißen Tagen einfach mal auf Sandalen umstellen. In der Regel reicht es vollkommen aus, sich einmal am Tag – am besten noch morgens vor der Schule – unter der Dusche ordentlich zu waschen. Denn nachts schwitzt du mehr, als du es je für möglich hälst: bis zu zwei Liter Flüssigkeit! Nach der morgendlichen Dusche noch ein kurzer Sprüher von deinem Lieblingsdeo unter die Achseln und du kannst unbesorgt aus dem Haus gehen. Denn das Deo greift genau dort an, wo die üblen Gerüche entstehen. Es verhindert, dass sich die Bakterien unter den Achsen vermehren. Und wo es keine Bakterien gibt, da gibt es wenig Geruch. Und im Schulsport hast du ja sowieso ein anderes T-Shirt an. Wenn du also noch einmal mit einem bisschen Deo nachlegst, kommst du locker über den Tag. Aber Achtung: Bestimmt sind dir schon Leute aufgefallen, die ganz stark nach Deo gerochen haben. Auch das ist alles andere als lecker, übertreib es also nicht mit der Chemiekeule. Wenn du am Abend mit dem Mädchen aus deiner Klasse noch auf eine kleine Party gehst, schadet es nicht, sich noch einmal unter die Dusche zu stellen. Sicher ist sicher!

Weniger ist mehr

Dass das Geschäft mit Hygieneartikeln boomt, hast du sicherlich schon bemerkt. Zig verschiedene Deos, Lotionen oder Waschgels stehen in den Regalen eines jeden Supermarkts. Das Angebot ist fast unerschöpflich. Aber Vorsicht! Nicht alles, was eine gesunde Hygiene verspricht, ist auch gut für Haut und Haar. Hier gilt: Deine Haut würde sich ganz schön beschweren, würdest du sie dreimal am Tag unter der Dusche oder in der Badewanne einseifen, oder sie die ganze Zeit mit duftenden Lotionen einreiben. Wer es mit der Reinlichkeit übertreibt, kann sich damit genauso schaden, wie derjenige, der seine Körperhygiene vernachlässigt.

Hilfe, mein Gesicht gleicht einem Minenfeld!

Es könnte echt cool sein: Gerade hast du dich damit arrangiert, dass es zwischen Jungs und Mädchen mehr als Schneeballschlachten im Winter und Untertauchen im Freibad während des Sommers geben kann. Vielleicht hast du dich auch das erste Mal verliebt und entdeckst plötzlich völlig neue Seiten an dir. War es dir bisher total egal, ob deine Jeans an den Knien durchgescheuert ist, weil du noch vor wenigen Tagen mit deinen Plastikmonstern über den Teppich gerutscht bist, muss es jetzt schon eine Ecke stylisher sein. Du merkst, dass du plötzlich genauso viel Zeit im Bad verbringst wie deine große Schwester – weil du gut aussehen willst. Doch womit wird dein neues Pflegeprogramm belohnt? Mit fiesen Pickeln, die sich überall im Gesicht und oft auch auf dem Rücken ausbreiten. Mach dir keine falschen Hoffnungen: Schuld daran sind weder eine Wasserunverträglichkeit noch eine Zahnpastaallergie. Auslöser für unreine Haut ist die Pubertät und ganz besonders das männliche Hormon Testosteron, das übrigens auch bei Mädchen sein Unwesen treibt. Weil es im Mädchenkörper während der Pubertät in einer noch falscheren Dosierung vorhanden ist als bei Jungs, bekommen sie durch dieses Ungleichgewicht öfter Pickel und Mitesser. Die schlechte Nachricht: Jungs leiden dafür eher an einer stark ausgeprägten Form der *Akne vulgaris*, wie die verstopften und entzündeten Poren von Ärzten genannt werden. Die gute Nachricht: Akne verläuft meist harmlos und hinterlässt keine Narben, wenn du bestimmte Pflegetipps beherzigst.

Fast alle trifft es

Tröstlich ist es immerhin, dass Akne während der Pubertät bei fast allen Jugendlichen einmal vorkommt. Statistiker haben nachgezählt: 90 Prozent aller Jungs und Mädchen leiden während dieser Phase mindestens einmal unter Pickeln.

So entstehen Pickel

Mit Pickeln, Mitessern, kleinen Hautknötchen oder Eiterbläschen reagieren die meisten Hautporen auf Verstopfungen. Diese können einerseits durch Schmutz entstehen, andererseits verändert sich während der Pubertät die Zusammensetzung der Körpersekrete, deren Produktion gleichzeitig angeregt wird. Dazu gehört auch das Hautöl, das in der medizinischen Fachsprache als *Sebum* bezeichnet wird. Sebum fließt durch die Poren ab, um die Hautoberfläche mit Feuchtigkeit zu versorgen und sie geschmeidig zu halten. Sind die Poren verstopft oder wird besonders viel Sebum produziert, kann es nicht mehr abfließen und sammelt sich unter der Hautoberfläche, wo sich Bakterien bilden. Dadurch entstehen Pickel, die aufgrund ihres weißen Eiterbläschens *Whitehead* heißen, oder es entstehen Mitesser, die *Blackhead* genannt werden.

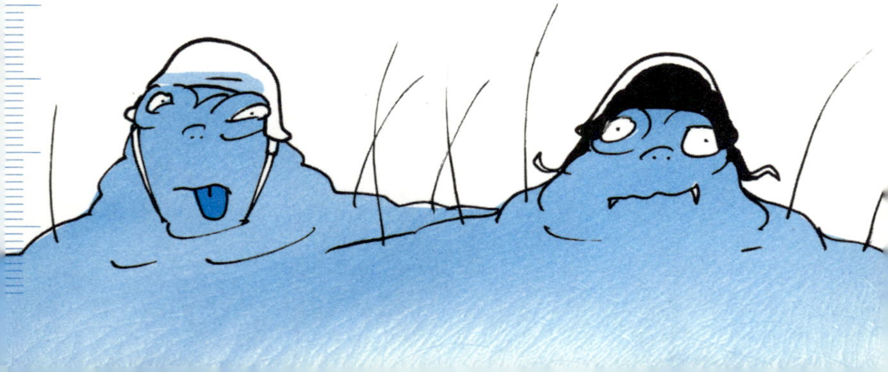

Von Weiß- und Schwarzköpfen

Whiteheads entstehen, wenn das blockierte Hautöl unter der Hautoberfläche bleibt, Blackheads entstehen, wenn das verdickte Hautöl an die Oberfläche kommt. Dieses wird dann vom körpereigenen Hautfarbstoff *Melanin* dunkel gefärbt.

Pickelbremsen

Du musst dich weder zu Hause verkriechen noch eine Odyssee durch die Drogerieabteilungen mit Anti-Pickelmitteln starten, wenn du Pusteln & Co. erfolgreich den Kampf ansagen willst. Hier erfährst du, was wirklich hilft:

1. Morgens und abends die Haut gründlich mit einem ph-neutralen *Waschsyndet* (seifenfreies Waschstück) reinigen oder alkoholfreie, sanfte Reinigungslotionen oder Waschgels verwenden.
2. Die Haut mit einem Handtuch, das du nur für das Gesicht benutzt, sanft abtupfen, statt sie abzurubbeln.
3. Mit einem Peeling ein- bis zweimal in der Woche die Poren richtig ausputzen.
4. Feuchtigkeitscremes mit Pflanzenextrakten gegen ölige Haut benutzen.
5. Regelmäßig sporteln. Damit pushst du die Durchblutung der Haut und Schadstoffe, die Pickel entstehen lassen, können besser ausgeschieden werden.

Pickel richtig ausdrücken

Pickel können einem richtig unter die Haut gehen und die Seele aus dem Gleichgewicht bringen. Kein Wunder, dass jeder, der schon einmal unter einer Mondlandschaft im Gesicht gelitten hat, die fiesen Dinger möglichst schnell loswerden will. Vor allem, wenn sie sich mit Eiterkuppen oder als schwarze Mitesser zeigen. Wenn du Pickel selbst ausdrücken willst, kannst du ihnen mit wenigen Vorsichtmaßnahmen nachhaltig den Garaus machen. So funktioniert's:

- Gesicht gründlich mit lauwarmem Wasser waschen.
- Poren mit Hilfe eines Dampfbades oder in der heißen Badewanne sanft öffnen.
- Mit einem Kosmetiktuch um den Finger vorsichtig seitlich in den Pickel hineindrücken.

Achtung: Ist der Druck zu stark, fließt Blut oder eine klare Flüssigkeit aus dem Pickel raus. Dann solltest du sofort abbrechen, damit du keine Entzündungen riskierst. Wichtig: Bis ein Pickel vollständig abgeheilt ist, können bis zu zwei Monate vergehen.

Natürlich gegen Pickel

Selbstverständlich gibt es auch aus der Natur Hilfe:

* **VITAMIN B 5:** *Pantothensäure* drosselt die Talgproduktion der Haut und balanciert die Sebumbildung aus. Vitamin B 5 gehört zu den sogenannten Nahrungsergänzungsmitteln und ist in Apotheken oder Drogeriemärkten erhältlich.
* **TEEBAUMÖL** wird aus den australischen Teebaumblättern gewonnen. Dem Extrakt sagt man eine astringierende, also eine Poren zusammenziehende und entzündungshemmende Wirkung nach. Teebaumöl kannst du entweder in deine normale Feuchtigkeits- oder Bodylotion mischen oder direkt auf entzündete Hautstellen auftupfen.
* **MANUKAÖL** soll eine stärkere entzündungshemmende Wirkung haben als Teebaumöl und gleichzeitig milder zur Haut sein. Manukaöl ist allerdings auch teurer als Teebaumöl.
* **HEILERDE** befreit die Haut von Fett und Talg, sie wird besser durchblutet und Bakterien werden abgetötet. Heilerde kann statt eines Peelings verwendet werden, wobei abgestorbene Hautschüppchen entfernt werden. Heilerde zeigt ihre volle Wirkung aber nur bei konsequenter Anwendung dreimal wöchentlich.
* **ROTLICHT** hemmt Entzündungen nicht nur von Gelenken, sondern auch auf der Haut. Gleichzeitig wird die Durchblutung auf die sanfte Tour positiv angeregt – zwei- bis dreimal wöchentlich. Rotlichtlampen gibt's in Drogeriemärkten.

Beauty für Boys

Dein Dad und seine Kumpels haben es schon vorgemacht: Immer häufiger gibt es spezielle Kosmetik für Männer- und auch für Jungshaut. Denn Pflege ist nicht mehr nur weiblich! Da die männliche Haut aufgrund ihrer anderen Beschaffenheit andere Bedürfnisse hat, gibt's auch für Jungs spezielle Pflegeprodukte, die die Haut mit allem, was sie braucht, versorgen.

Pickel-Storys zum Vergessen

Zu viel Schokolade, Lästern über andere, Cola & Co. Es gibt eine Menge Mythen über die Entstehung von Pickeln. Garantiert ins Reich der Märchen gehört:

- Menschen mit Pickeln waschen sich zu wenig: Im Gegenteil, wer unter Pickeln leidet, wäscht sich häufig sogar zu oft und falsch. Morgens und abends die Haut gründlich reinigen reicht vollkommen aus, weil damit der Säureschutzmantel stabil bleibt.
- Fast Food macht Pickel: definitiv nein. Burger & Co. können nichts für schlechte Haut – es sei denn, du bist gegen einen der Inhaltsstoffe allergisch.
- Zahnpasta hilft: leider nur im Notfall. Als SOS-Mittel gegen einen lästigen Pickel kann Zahnpasta mangels vernünftiger Alternativen der Rötung fix den Garaus machen. Auf Dauer solltest du darauf aber nicht vertrauen, weil du deine Haut durch die aggressiven Inhaltsstoffe der Zahnpasta schädigen könntest.

So hilft der Arzt

Eine schlimme Akne, die dir das Leben schwer macht, gehört in ärztliche Behandlung. Er kann dir spezielle Cremes und Therapien verschreiben, die Linderung bringen. Neueste Erkenntnisse haben britische Pickel-Forscher jetzt bei der Behandlung mit Lasern gemacht. Drei Monate nach der Behandlung konnten die Mediziner beobachten, dass die Akne insgesamt stark zurückging. Bei fast der Hälfte der Patienten hat sich die Anzahl der Pickel um 50 Prozent reduziert. Die Pickel werden bei einer Behandlung mit dem Laser nicht nur einfach schmerzfrei »weggefräst«, die Wirkung geht auch so tief unter die Haut, dass der Entstehung neuer Pusteln wirkungsvoll vorgebeugt werden kann. Eine Laserbehandlung des Gesichts dauert nicht länger als 15 Minuten.

Schminke für Jungs – top oder tuntig?

Endlich! Immer öfter dürfen auch Jungs der Natur ein wenig auf die Sprünge helfen und dafür in den Cremetopf oder zur Puderquaste greifen, ohne dass sie gleich ein tuntiges Image weghaben. Vielen Dank an Kerle wie David Beckham, Robbie Williams oder Brad Pitt! Und natürlich nicht zuletzt an Bill von Tokio Hotel. Auch wenn der es mit dem Make-up in deinen Augen vielleicht ein bisschen übertreibt, einen Trend hat er auf jeden Fall gesetzt. Damit nicht gleich jede(r) blickt, wie du nachgeholfen hast, hier ein paar Tricks für *beauty undercover:*

Für eine frische Haut

- Eine getönte Tagescreme kleistert die Haut nicht zu, sondern versorgt sie mit Feuchtigkeit und tönt, wie der Name schon sagt, den Teint ganz sanft.
- Clever: Inzwischen gibt es Selbstbräuner speziell für Männerhaut. Trägst du die feuchtigkeitsspendende Lotion täglich auf, verleiht sie deiner Haut eine leicht sonnige Tönung.
- Peelings sind nicht nur was für Mädchen. Waschgels mit Micro-Perlen rubbeln pickelgestresste Haut schön blank und sorgen für eine frische Optik.

Für Durchblicker

- Keine Panik: Auf knallblauen Lidschatten und künstliche Wimpern darfst du auch weiterhin verzichten. Auf deine tollen Augen fahren Mädchen aber trotzdem eher ab, wenn deine Augenbrauen vielleicht nicht gerade der reinste Dschungel sind. Dem richtigen Wuchs kannst du mit einer Pinzette die Richtung vorgeben – einfach überschüssige Härchen ab- und die Brauen in Form zupfen. Achtung: Gegen kurzfristige Rötungen hilft ein Coolpack oder ein Teelöffel, der vorher im Kühlschrank lag.
- Zu lange Playstation gespielt oder Fußball geguckt? Gegen Augenringe hilft ein Abdeckstift.
- Deine Augenform kannst du mit einem Kajalstift betonen. Dazu einfach zwischen den unteren Wimpern entlangstricheln.

Auf das richtige Händchen kommt es an

Stell dir vor, du hast dein erstes Date und spätestens, wenn du zum Colaglas greifst, steht deinem Gegenüber das Entsetzen ins Gesicht geschrieben. Aber nicht etwa, weil du statt Coke Zero das volle Zuckerwasser bevorzugst, sondern weil deine Hände aussehen wie die eines Totengräbers. Dicke Schmutzränder unter den rissigen Fingernägeln und Schwielen vom letzten Fahrradreifenwechsel reizen nicht gerade zum Händchenhalten mit dir. Dagegen helfen:

- Einfaches Olivenöl aus Muttis Küchenschrank macht Nägel und Nagelhaut schön geschmeidig. Zwei- bis dreimal in der Woche abends einreiben.
- Fingernägel nicht mit einem Knipser auf die rabiate Tour abzwicken, sondern mit einer Nagelschere in Form schneiden. Rissige Ränder mit einer Feile glatt feilen.
- Regelmäßig Handcreme benutzen, die macht die Haut weich und geschmeidig.

Haarige Sache

Nicht nur die Haut selbst, sondern auch die Haare reagieren, wenn die Talgdrüsen auf Hochtouren laufen. Das Ergebnis: fettige, klebrige Haare, die zwar nach allem glänzen, nur nicht nach stylishem Gel.

Shampoo der Wahl

Abhilfe schafft schon die Wahl des richtigen Shampoos. Dabei solltest du einer abgefahrenen Packung mit cooler Aufschrift weniger vertrauen als dem meist klein gedruckten Verzeichnis der Inhaltsstoffe. Richtig gepflegt werden fettige Haare nämlich nur mit Shampoos, die weder *Proteine* noch rückfettende Substanzen wie Öle oder *Silikone* für die Kopfhaut enthalten. *Tenside,* die das überschüssige Fett auf den Haaren und der Kopfhaut binden und beim Waschen entfernen, verbergen sich dagegen hinter folgenden Inhaltsstoffen:

- *Sodium Laureth Sulfate*
- *Sulfosuccinate*

Auch Shampoos mit natürlichen Inhaltsstoffen haben sich bei fettigen Haaren bestens bewährt. Zu den Kräuterextrakten, die die Kopfhaut beruhigen und die Fettbildung wieder auf Normalmaß bringen, gehören:

- Brennnessel
- Huflattich
- Kamille
- Meerestang
- Rosmarin
- Rosskastanie
- Salbei
- Schachtelhalm

Waschen ohne Ende

Die Panik, dass durch häufiges Haarewaschen die Kopfhaut noch schneller nachfettet, ist total unbegründet. Je öfter du deine Haare wäschst, desto mehr werden auch die Talgdrüsen ausgequetscht, die für den ganzen Haarstress verantwortlich sind. Beim Waschen darfst du deshalb deinen Haaren eine echte Abreibung verpassen und das Shampoo kräftig in die Kopfhaut einmassieren. Anschließend zwei bis drei Minuten einwirken lassen, damit die Inhaltsstoffe wirken können. Shampoos gegen fettiges Haar solltest du höchstens dreimal in der Woche verwenden, damit die Kopfhaut nicht austrocknet. Einfache Lösung: Benutze für weitere Haarwäschen ein mildes Shampoo für jeden Tag oder das Kindershampoo deiner kleinen Geschwister.

SEX
XƎS
Sex
Sex?
SEX

SEX

Ein offenes Wort

Alle reden drüber, doch keiner weiß was Genaues: Sex, sexen, sexy, Sexualität – jedes dritte Gespräch kreist darum, Sex ist die absolute Nummer eins in Sachen Gesprächsthemen bei Jungs. Doch was gehört eigentlich alles zum Thema Sexualität? Die Sache mit den Mädchen in jedem Fall. Dabei geht es aber um jede Menge mehr als nur um das Eine. Lass dich überraschen.

AUFGEKLÄRT FÜRS ERSTE MAL

Dabei sind das Wann, Wie und Wo noch die einfachsten Fragen. Biologisch gesehen ist es eigentlich ganz einfach: Sex gehört zum Leben und basta! Schließlich sollen wir Menschen uns gefälligst weiter fortpflanzen und damit das Fortbestehen auf diesem Planeten sichern. Deshalb hat uns die Natur mit so etwas wie dem Fortpflanzungstrieb ausgestattet! Von ihm wird allerdings nur selten gesprochen, wenn sich die Unterhaltungen um das Thema Sex drehen. Natürlich geht es beim Sex bei Weitem nicht nur ums Kinderkriegen, vor allem bei Jugendlichen nicht. Für sie ist Sex vielmehr eine gemeinsam erlebte Entdeckungsreise, auf der sie ihre erste Lust und Leidenschaft miteinander teilen. Es ist diese einmalige Möglichkeit, zu genießen, Nähe, tiefe Zuneigung, Lust und Intimität zu spüren, die ein Gefühl von Zusammengehörigkeit schafft.

Viele meinen deshalb, Sex bedeute weit mehr als nur miteinander zu schlafen. Das stimmt aber nicht. Sex kannst du genauso gut auch ohne Liebe haben und Liebe kann auch ohne Sex entbrennen. Am schönsten ist es sicherlich, wenn Liebe und Sex zusammen genossen werden können.

Aufs richtige Timing kommt es an

Ab 14 dürfen Jugendliche miteinander Sex haben. So will es das Gesetz. Ob das auch der richtige Zeitpunkt ist, ist eine ganz andere Frage. Und die kann wirklich jeder nur für sich ganz allein beantworten. Einen richtigen Zeitplan für das erste Mal gibt es nicht, weder bei Mädchen noch bei Jungs. Ganz egal, ob dir dein Kumpel aus dem Fußballverein die ganze Zeit davon

vorschwärmt, was für einen Spaß er mit seiner Freundin im Bett hat …
Studien haben ergeben, dass die meisten Jungs mit etwa 15 Jahren (24 Prozent) das erste Mal erleben und Mädchen mit 16 Jahren (31 Prozent). Gleichzeitig haben 27 Prozent der Mädchen und 34 Prozent der Jungs ihr erstes Mal mit 17 Jahren noch nicht hinter sich. Ob bei den Befragungen auch alle ehrlich waren, ist eine andere Frage. Es ist gut möglich, dass das Durchschnittsalter noch ein bisschen höher liegt. Und selbst wenn die Zahlen stimmen und du über dem Durchschnitt liegen solltest: Wo ist das Problem? Es ist ja kein Qualitätsmerkmal, mit wie vielen Mädchen du schon im Bett warst oder wann du dein erstes Mal hattest. Das Wichtigste ist: Du allein entscheidest, ob für dich die Zeit schon reif ist!

Das erste Mal: ein Nonplusultra?

Auch wenn Jungs das in der großen Gruppe vielleicht nicht zugeben würden – sich ein ganz besonderes erstes Mal zu wünschen ist absolut in Ordnung. Dies gehört zu den wenigen Dingen in Sachen Pubertät, bei denen Jungs und Mädchen ähnlich ticken. Trotzdem ist eines klipp und klar: Es ist eher unwahrscheinlich, dass das erste Mal das absolute Nonplusultra ist. Denn jeder Mensch hat sein eigenes Tempo und während Jungs potzblitz einen Orgasmus bekommen, läuft bei Mädchen ein ganz anderer Film ab. Als Vergleich bieten sich Gas- und Elektroherd an: Jungs sind der Gasherd – sie sind gleich höllisch heiß, sobald man sie anschaltet. Mädchen reagieren dagegen eher wie der Elektroherd, der erst langsam warm werden muss. Dann sind sie allerdings auch ziemlich lange heiß! Beides zusammenzubringen ist gar nicht so leicht.

So sind die Gesetze beim Thema Sex

Verboten ist:

- Du bist unter 14 und deine Sexpartnerin ist 14 oder älter.
- Du bist 14 oder 15 und deine Sexpartnerin ist 21 oder älter.
- Du bist 21 oder älter und deine Sexpartnerin ist unter 16.

Erlaubt ist:

- Du bist 14 oder 15 und deine Sexpartnerin ist 14, aber unter 21.
- Du bist 16 oder älter, aber unter 21 und deine Sexpartnerin ist mindestens 14.
- Du bist 21 oder älter und deine Sexpartnerin ist mindestens 16.

Prinzipiell immer verboten ist:

- der Sex mit Eltern oder Großeltern.
- der Sex mit Geschwistern.
- der Sex mit Schutzbefohlenen. Das sind all diejenigen Personen, die mit Kindern und Jugendlichen arbeiten, sie betreuen, pflegen, beraten, versorgen usw., also beispielsweise Lehrer, Sporttrainer, Therapeuten, Pfleger, Stiefeltern usw.

Wichtig:

- Unter Sex versteht der Gesetzgeber nicht nur den Geschlechtsverkehr. Auch Petting und Oralsex gehören dazu!

ICH HAB GETRÄUMT VON IHR …

Eigentlich hast du Mädchen bis vor wenigen Wochen noch total bescheuert gefunden. Wie sie da auf dem Pausenhof rumspringen und alles »niedlich«, »goldig« und »süß« finden, was rosa ist oder an irgendeiner kleinen Stelle ein bisschen glitzert. Zusammen mit deinen Freunden konntest du nicht fassen, was an dieser Spezies so besonders sein kann, dass ältere Jungs sich mit ihr offensichtlich gern abgeben. Dabei lebst du doch wirklich nicht hinterm Mond! Aus dem Schulunterricht oder aus Jugendmagazinen weißt du genau, was bei der körperlichen Liebe abläuft. Aber die Vorstellung, eines dieser Mädchen aus deiner Klasse zu küssen, hätte dich zu einem entsetzten »Pfui Teufel« verleitet. Völlig ausgeschlossen! Darauf hättest du bis vor Kurzem noch dein Lieblingsskateboard und natürlich den ganzen Inhalt deines Sparschweins gewettet.

Und jetzt das! Vor wenigen Tagen ist es passiert. Du hast SIE entdeckt, dieses süße Mädchen aus der Parallelklasse. Eigentlich hast du nur schnell geholfen, ihren Fahrradreifen aufzupumpen – und sie hat sich bei dir für die Hilfe nur bedankt. Trotzdem hast du dich danach gefühlt, als hätte sie dir einen Heiratsantrag gemacht. Am nächsten Tag hat sie ganz lieb Hallo gesagt, als ihr euch in der Pause über den Weg gelaufen seid, und du bist rot geworden wie eine überreife Tomate.

Logisch, dass die Jungs aus deinem Freundeskreis mitbekommen haben, dass mit dir offensichtlich was nicht stimmt. »Willste was von der?«, fragen sie, und du hättest ihnen in diesem Augenblick am liebsten den Hals umgedreht. Verknallt? Du? Nie im Leben, das hattest du dir doch geschworen! Aber plötzlich ist alles anders. Du bekommst dieses Mädchen einfach nicht mehr aus dem Kopf. Sogar nachts träumst du von ihr und sehnst dich nach einem leidenschaftlichen Kuss. Die Pubertät hat offensichtlich einen Punkt erreicht, an dem du dich gegen Mädchen nicht mehr wehren kannst. Kein Zweifel, die Hormone haben die Macht übernommen und dir entgegen deinem erklärten Willen eine rosarote Brille aufgesetzt. Warum du dich ausgerechnet in eine bestimmte Person verknallst, ist für die Wissenschaft immer noch ein Rätsel. Fest steht: Schon in den ersten Augenblicken entscheidet sich, ob dir jemand sympathisch ist. Dass es so weit ist, erkennst du übrigens nicht nur an Herzklopfen und Tomatenköpfen.

Verknallst bist du, wenn ...

- ... du beim bloßen Gedanken an sie weiche Knie und feuchte Hände bekommst.
- ... du dir vorstellen kannst, dass sie dich heiß und innig küsst und sich in deine Arme kuschelt.
- ... dir nichts wichtiger ist, als in ihrer Nähe zu sein und du deswegen alles daran setzt, sie möglichst oft ganz zufällig zu treffen.

* … du in den Internetsuchmaschinen ihren Namen eingibst und guckst, ob du nicht zufällig was über sie findest.
* … du dir auf einmal die Lieder auf der aktuellen Kuschelrock-CD anhören willst.
* … du alles stehen und liegen lässt, wenn sie dich bittet, ihr noch einmal bei etwas zu helfen.
* … du ihr am liebsten jedes Mal, wenn ihr euch über den Weg lauft, ein kleines Geschenk mitbringen würdest, damit sie wieder so süß »Danke« sagt.

Verknallt sein ist geil!

Noch mehr Glück hast du, wenn es ihr genauso geht! Dann stehen all deine Träume kurz davor, wahr zu werden. Küssen in der Fantasie ist total schön, aber wird es dir auch in echt gefallen? Mit ihr Händchen haltend über den Schulhof zu schlendern ist eine romantische Vorstellung, aber werden deine Finger nicht schweißnass aus ihren gleiten? Und was ist, wenn du bald mehr willst als nur zu küssen? Wenn deine Hände am liebsten unter ihr T-Shirt wandern würden? All das bringt dich fast um den letzten Rest Verstand, den du dir bei deiner ganzen Verliebtheit noch bewahren konntest. Wenn es endlich klappt mit euch beiden, dann steht dem gemeinsamen Glück nichts mehr im Weg.

Mit ein paar kleinen Regeln kannst du dir die erste Liebe etwas leichter machen:

- Denk daran, dass sie sich in dich verknallt hat, so wie du bist.
- Ihr habt alle Zeit der Welt. Das erste Date muss nicht gleich in einer wilden Knutscherei enden.
- Sag ihr ehrlich, dass du noch keine Erfahrungen hast.
- Hör auf dein Bauchgefühl. Zwinge dich nicht, Dinge zu machen, die du eigentlich gar nicht willst.

Die Top-Ten-Namen für deinen besten Freund

Nicht nur das andere Geschlecht ist in der Pubertät auf einmal viel wichtiger, als es noch vor ein paar Monaten war, auch deine Kumpels nehmen in deinem Leben auf einmal einen wesentlich höheren Stellenwert ein. Hier eine Liste mit Spezialnamen für Kumpel Nummer eins:

1. Macker
2. Alter
3. Homie
4. Bruder
5. Mein Bester
6. Buddy
7. Companion
8. Freundeslisteanführer
9. Superkumpel
10. Kollege

VON MORGEN-LATTEN & CO.

Natürlich ist die Pubertät nur der Beginn einer ganzen Anzahl von körperlichen Veränderungen – und dazu gehören auch alle die Veränderungen, die unten herum stattfinden. Mit dem wachsenden Penis ist die Geschichte aber noch nicht zu Ende. Es geht damit weiter, dass durch die nun vermehrte Samenproduktion einfach nicht mehr genug Platz ist für die Millionen von Spermien, die in den Hoden herumschwirren. Kurzum: Sie wollen raus! Der Körper reagiert darauf mit Erektionen, also einer Versteifung des Penis. Obwohl die meisten Jungs schon als kleine Buben hin und wieder so was wie eine Erektion hatten – jetzt in der Pubertät scheint sich das auf einmal in einer ganz anderen Liga abzuspielen.

Mann, jetzt nicht!

Es ist gut möglich, dass dich diese neue Erscheinung gehörig ins Schwitzen bringt, denn sie scheint ja regelrecht darauf zu pfeifen, es doch bitte wenigstens dann sein zu lassen, wenn du es überhaupt nicht gebrauchen kannst. Zum Beispiel, wenn du gerade mit ein paar Mädels aus deiner Klasse im Freibad in der Sonne liegst. Noch schlimmer ist es, wenn es mitten im Schwimmbecken passiert. Oder wenn sich alle ein Eis holen wollen und du ganz schnell eine Erklärung dafür brauchst, warum du doch noch ein paar Minuten länger im Wasser bleiben willst. Genauso unangenehm ist die sogenannte »Morgenlatte«, also ein versteifter Penis beim Aufwachen, wenn deine Mutter dich schon zum dritten Mal zum Frühstück ruft. Dein Penis ist zwar ganz schön hart, aber du merkst gleichzeitig, dass du gar nicht erregt bist. Nimm es positiv: Erektionen sind ein Zeichen für gesunde sexuelle Reaktionen.

Alles eine Frage des Trainings

Schuld an diesen Erektionen ist natürlich der Testosteronspiegel, der vor allem in den Morgenstunden besonders hoch ist. Und natürlich lässt ein schöner Tagtraum von deiner süßen Sitznachbarin auch nicht lange auf eine Erektion warten. Zu den nächtlichen Erektionen kommt es automatisch während der Zeiten im Schlaf, in denen du träumst. Mit Sex oder irgendwelchen Wunschvorstellungen in puncto Liebe machen haben sie allerdings relativ wenig zu tun. Sie dienen eher als eine Art Erektionstraining für den Penis, bei dem die Schwellkörper mit Sauerstoff versorgt werden. Das passiert, damit im Penis ein gleichbleibendes Verhältnis zwischen Muskulatur und Bindegewebe erhalten bleibt.

Das Tolle daran ist: Nächtliche Erektionen trainieren den Penis, ohne dass du was dafür tun musst. Mit zunehmendem Alter werden sie etwas seltener, in der Pubertät sind sie dafür umso häufiger. Zwischen einer und fünf Erektionen pro Nacht sind ganz normal und jede einzelne kann schon eine halbe Stunde lang dauern.

Die Spermafabrik

Früher vermutete man, dass sexuelle Träume oder eine volle Blase die Ursachen für nächtliche Erektionen und Morgenlatten sind. Inzwischen weiß man, dass das nichts miteinander zu tun hat. Was während dieser Zeit passiert, ist eine ganz normale biologische Reaktion: Hast du genügend Sperma im Hoden, will es der Körper wieder loswerden, weil er die ganze Zeit damit beschäftigt ist, frisches Sperma nachzuproduzieren. Schließlich läuft diese kleine Spermafabrik tatsächlich 24 Stunden am Tag. Zwar versucht der Körper, überschüssiges Sperma abzubauen, vor allem aber in der Pubertät kann er es nie und nimmer mit dieser kleinen Fabrik aufnehmen. Es ist verständlich, dass du das am Anfang ziemlich ekelhaft findest, und auch der Gedanke, dass deine Mutter die weißen Flecken beim Waschen sieht, erzeugt ein gewisses Schamgefühl. Das ist aber kein Grund, sich zu schämen. Auch Mädchen kriegen bekanntlich regelmäßig ihre Tage und bluten dann schon mal den Schlafanzug voll. Das ist einfach so. Um zu verhindern, dass du morgens im verschmierten Schlafanzug aufwachst, kannst du zum Beispiel eine weiße Baumwollunterhose drunterziehen. Die saugt das Sperma einfach auf. Eine andere Option ist natürlich die Selbstbefriedigung. So leerst du dein Spermareservoir quasi in kontrollierten Schüben.

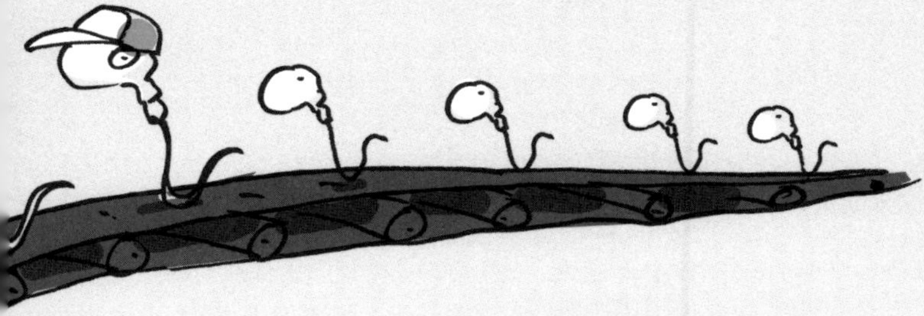

Vorsicht beim Pinkeln!

Morgenlatten flauen nach dem Aufwachen innerhalb weniger Minuten von selbst ab und dein bestes Stück schrumpft wieder auf Normalgröße. Stehst du auf und gehst aufs Klo, lässt die Erektion ebenfalls bald nach. Aber Vorsicht beim Pinkeln! Durch die Erektion wird deine Harnröhre zusammengedrückt. Beim Pinkeln im Stehen wird dadurch oft der Urinstrahl abgelenkt. Dann pinkelst du schnell mal neben das Klo. Also besser hinsetzen! Du solltest auch nicht gleich volle Pulle lospinkeln. Ist deine Harnröhre durch die Erektion zusammengedrückt, reagiert sie empfindlich auf hohen Wasserdruck. Solltest du zu fest gedrückt haben, kannst du eine halbe Stunde lang einen ganz schön unangenehmen Schmerz in deinem besten Stück verspüren. Es braucht eine Weile, bis sich die Harnröhre von dem hohen Druck wieder erholt hat.

DAS KANN ICH SELBST!

»Hey, ich hab's mir heute wieder selbst besorgt!« Holla! Bei einer solchen Ansage würde dir vielleicht die Schamesröte bis in die Haarwurzeln schießen. Selbstbefriedigung *(Onanie)* ist immer noch ein Tabu. Und das, obwohl es längst vollkommen normal ist, sich unter Freunden über die besten Anmachsprüche, Kusstechniken oder Sexstellungen bis ins kleinste Detail auszutauschen.

Alles rund ums Thema Selbstbefriedigung

Selbstbefriedigung gehört zur Sexualität genauso wie der Sex, wird aber in Gesprächen immer noch gern ausgeklammert. Dabei haben schon kleine Jungs Erektionen und fangen etwa im Alter von sechs bis sieben Jahren das erste Mal an, Hand anzulegen: Sie onanieren. In diesem Alter machen sie das natürlich eher aus Neugierde am eigenen Körper und nicht, weil es ihnen besonderen Spaß macht. Das ändert sich mit der Pubertät. 80 Prozent der 16-jährigen Jungs onanieren regelmäßig, dagegen sind es bei den Mädchen nur etwa 40 Prozent. Mädchen sind bei diesem Thema eben eher Spätzünder und probieren die Lust am eigenen Körper durchschnittlich erst kurz vor Beginn der Pubertät das erste Mal aus. Erst im Alter von rund 20 Jahren befriedigen sich 80 Prozent der Mädchen selbst – will man Umfragen Glauben schenken.

Jungs machen es sich im Schnitt etwa drei- bis viermal pro Woche selbst. Die meisten beginnen irgendwann zwischen zwölf und 14 Jahren. Einige früher, andere später. Dann haben sie herausgefunden, dass es richtig angenehm ist, wenn man ihn anfasst und so ein bisschen an ihm herumdrückt. Dass das schon Selbstbefriedigung war, wissen sie zu dieser Zeit oft noch gar nicht. Sie machen es einfach, weil es sich gut anfühlt. Die meisten Jungs lernen ziemlich schnell, was sie tun müssen, um sich so zu erregen, dass sich ihre Lust in einem Feuerwerk der Gefühle entlädt. Später, wenn sie körperlich zum Mann werden und ihr Körper Samenzellen bildet, kommt noch etwas anderes dazu: Dann wird das Feuerwerk der Gefühle, das man auch Orgasmus oder sexuellen Höhepunkt nennt, fast immer von einem Samenerguss begleitet.

Alte Horrorgeschichten

Warum ist das Thema Selbstbefriedigung immer noch ein Tabuthema? Ihr wurde jahrhundertelang Schlimmes nachgesagt, zum Beispiel, dass Selbstbefriedigung verantwortlich sei für eine lange Liste von Krankheiten und Anomalien wie Rückenmarktuberkulose, Lähmung, Impotenz, behinderte Kinder, Epilepsie. Und immer noch gibt es Jungs und Mädchen, die mit diesen absolut falschen Horrorgeschichten konfrontiert werden – wie in einigen sehr prüden und sexualfeindlichen Religionsgemeinschaften in den USA. Auslöser der Legenden war übrigens das Buch eines Franzosen, der 1774 seine Doktorarbeit über Onanie schrieb und damit eine richtige Hysterie auslöste. Als das Buch die Runde machte, mussten Kinder nachts Aluminiumhandschuhe und Keuschheitsgürtel tragen, Männern wurden manchmal sogar kleine Drahtkäfige um den Penis gelegt, um eine Erektion zu verhindern. Später galt Onanie nicht mehr unbedingt als Krankheitsverursacherin, sondern als eine Art sittliche Verfehlung. Wenn die Leute nur geahnt hätten, wie falsch sie damit lagen! Wissenschaftler, die sich von Berufs wegen mit Sexualität beschäftigen, wissen längst, dass Onanieren eine fast perfekte Möglichkeit ist, den eigenen Körper, seine Empfindsamkeit und seine sexuellen Vorlieben kennenzulernen. Denn erst wenn du selbst weißt, wie du besonders erregbar bist, und wenn du deinen Körper gut kennst, kannst du auch deiner Partnerin zeigen, welche Zärtlichkeiten dich an- und welche dich eher abtörnen. Das ist die wichtigste Voraussetzung dafür, Sex zu genießen.

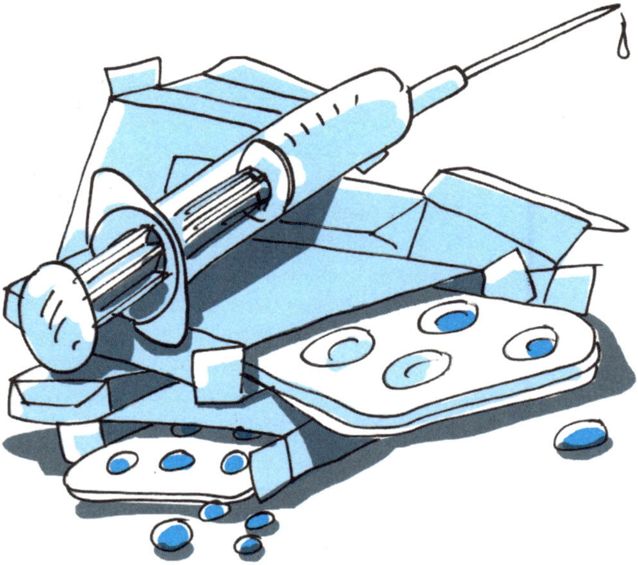

Macht Onanie süchtig?

Nach Selbstbefriedigung süchtig werden zu können, ist genauso Quatsch wie die Geschichte mit den Krankheiten, die sie angeblich verursachen soll. Erst wenn das Verlangen nach Onanie so groß wird, dass es einen beherrscht und man an nichts anderes mehr denken kann, spricht man von Sucht oder Abhängigkeit. Es ist also nichts Ungewöhnliches, wenn du mehrmals am Tag onanierst. Das liegt – du hast es erraten – natürlich mal wieder an den Hormonen: Durch die verstärkte Produktion von Sexualhormonen in der Pubertät wird die Lust auf Sex zusätzlich angeheizt. Dass bei zu häufiger Selbstbefriedigung das Sperma ausgeht, gehört übrigens ebenfalls ins Reich der Fantasie. In Wirklichkeit ist es sogar anders herum: Was rastet, das rostet!

Übung macht den Meister

Wie oft du onanierst, bleibt allein dir selbst und deiner Lust überlassen. Wichtig ist nur, dass du einen Ort wählst, an dem du garantiert ungestört bist, damit du nicht in die peinliche Situation kommst, von deinen Eltern in flagranti erwischt zu werden. Lust macht Onanie zum Beispiel nachts im Bett kurz vorm Einschlafen. Während Jungs beim Onanieren hauptsächlich die Hand am Penis auf und ab bewegen, bis sie zum Samenerguss kommen, streicheln Mädchen den Kitzler ihrer Scheide. Dieser kleine Lustpunkt sitzt exakt da, wo die Scheidenwände oben zusammenstoßen. Manche Mädchen mögen es auch, den gesamten Intimbereich zu reiben oder sich in der Badewanne oder Dusche einen Wasserstrahl über die Scheide laufen zu lassen, bis sie zum Orgasmus kommen.

Wusstest du schon, dass beinahe alle Jungs und Männer ihr Leben lang onanieren? Natürlich nicht jeden Tag und nicht die ganze Zeit. Aber selbst wenn sie in einer festen Beziehung leben, werden sie hin und wieder solo aktiv.

Die vom anderen Stern

»Hey, hast du die Möpse von der da drüben gesehen?« – »Ja, Mann, richtig geil. Und ihr Hintern erst!« Es gibt wohl kaum ein häufigeres Thema bei Jungs als die Äußerlichkeiten des anderen Geschlechts. Nach Herzenslust können sie darüber quatschen und natürlich – lästern. Wer mit wem auf welcher Party etwas hatte, steht bei Jungs ebenso hoch im Kurs wie die eige-

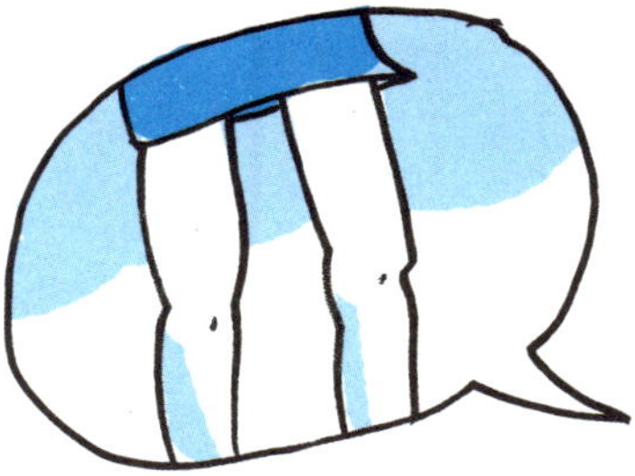

nen Erfolge bei der Süßen aus der Nebenklasse. Okay, so dann und wann reden Jungs auch über ihre eigenen Gefühle und holen sich gern mal untereinander Rat zum Thema Nummer eins. Gerade wenn der Freund ein bisschen mehr Erfahrung mitbringt, hat wohl jeder die eine oder andere – selbstverständlich lässig verpackte – Frage. Solche Gespräche finden natürlich nur hinter verschlossenen Türen statt, Mädchen haben unter allen Umständen draußen zu bleiben.

Andere Punkte stehen dafür glasklar auf der Tabu-Liste: »Hey, ich hab schon wieder feuchte Träume gehabt!« Jungs würden sich wohl lieber die Zunge abbeißen, als mit ihren Kumpels zu diskutieren, warum sie am Morgen mit einer Ladung Sperma in der Schlafanzughose aufgewacht sind.

LET'S TALK ABOUT SEX

Die meisten Jungs wollen schon sehr früh Sex, andere fühlen sich noch unsicher und warten lieber noch ein Weilchen. Wobei das mit dem Warten leichter gesagt ist als getan, geben doch vor allem Jungs gern mit ihren sexuellen Erlebnissen an. Woran liegt es aber, dass Jungs möglichst schnell mit einem Mädchen schlafen wollen?

Jagdinstinkt

Wissenschaftler und Psychologen fanden heraus: Auch das schnelle erste Mal gehört zum ständigen Kräftemessen mit den Altersgenossen – Jungs haben das quasi von ihren männlichen Vorfahren aus der Steinzeit geerbt. Dazu gehört nämlich nicht nur eine möglichst erfolgreiche Jagd, um die Familie zu ernähren, sondern auch eine möglichst erfolgreiche Jagd aufs andere Geschlecht. Deshalb erfinden Jungs schnell Geschichten über eine heiße Urlaubsliebe, die sie stolz im Freundeskreis herumerzählen.

Und was erzählen die Mädchen?

Wenn es um Liebe geht, prahlen Mädchen genauso. Denn sie sind gleichermaßen auf der Suche nach Anerkennung und Bestätigung, auch wenn sie seltener ganze Geschichten erfinden. Mädchen machen eher aus einer Umarmung einen leidenschaftlichen Kuss oder aus dem Kuss wird gleich das erste Mal. Alles, was sich um das Thema Liebe dreht, eignet sich besonders gut zum Wetteifern, weil kaum jemand den Wahrheitsgehalt nachprüfen kann. Also: Nicht alles für bare Münze nehmen, was du so von deinen Freunden hörst.

Trotzdem finden Mädchen das erste Mal wohl ein bisschen wichtiger als Jungs. Sie malen sich dieses und jenes ganz besonders schön aus und werden sich mit Sicherheit noch eine ganze Weile länger an ihr erstes Mal erinnern, als du das tust. Drängle deshalb kein Mädchen dazu, mit dir zu schlafen – aber lass dich auch selbst nicht dazu drängeln. Wenn du noch nicht willst, weil du vielleicht zu aufgeregt bist oder auf einmal merkst, dass es eben noch nicht sein soll: Sag es! Stillhalten, Augen zu und durch, das ist der vollkommen falsche Weg. Für eine Beziehung ist es wichtig, dass du deine Gefühle offen zeigst und dass du ehrlich sagst, was du willst – und was du nicht willst. Und wenn du glaubst, dass nur Mädchen Bammel vor dem ersten Mal hätten, dann bist du entschieden auf dem Holzweg! Fragen wie: »Was ist da eigentlich genau los?«, oder Ängste wie: »Hoffentlich mache ich da nichts falsch!«, darfst du als Junge getrost formulieren, ohne uncool zu wirken.

WER BIN ICH?

Die Suche nach dem Ich

Bei so vielen Veränderungen ist es ganz schön schwer, die Kontrolle über alles zu behalten. In dir tobt ein Hormon-Hurrikan und im Kopf scheinen sämtliche Leitungen gekappt: Es herrscht Funkstille. Kein Wunder also, dass du dich während der Pubertät fragst: Wer bin ich eigentlich? Warum bin ich so? Kann ich nicht lieber anders sein? Die Lösung gibt es hier.

So will ich sein

Im Prinzip hast du keine Ahnung, welchen Kurs du wirklich einschlagen willst. Logisch ist, dass du in diesen Zeiten des Umbruchs auf Idole vertraust. Du suchst dir Menschen – am liebsten tolle Sportler, Popstars oder andere Berühmtheiten –, die du klasse findest und bewunderst. Das ist okay, denn sie helfen dir dabei, die Welt um dich herum wahrzunehmen, zu beobachten und zu beurteilen – natürlich ganz nach deiner Laune.

Der ist echt cool, Mann!

Aber das ist wahrscheinlich ohnehin nicht dein Problem. Im Gegensatz zu Mädchen, die sich schnell in einen Star verlieben und in ihrer Gedankenwelt mit ihm möglichst allein bleiben wollen, sind Jungs lässiger. Jemanden absolut cool finden kommt nämlich auch bei den Kumpels an. Man kann sich über seine Helden austauschen und darum fighten, wer die besten News von ihm hat. Abgesehen davon: Ein gemeinsames Idol verbindet unter Freunden. Und ganz nebenbei findest du die Orientierung, die du für deine aktuelle Lebensphase brauchen kannst. Was genau dahintersteckt und wie du dafür sorgst, dass du dich in deiner Fan-Welt nicht verlierst, erfährst du hier.

Von Fans und Idolen

Egal, ob 50 Cent, Orlando Bloom oder Fußballstars wie Luca Toni – wer auch immer dich durch seine Songs, seine Filme oder sportlichen Höchstleistungen begeistert, darf dafür von dir bewundert werden. Fan von jemandem zu sein, ein Idol zu haben heißt, sich näher mit der Persönlichkeit eines anderen zu beschäftigen. Du willst alles über ihn oder sie erfahren, liest entsprechende Pop- oder Sport-Zeitschriften, surfst auf den Homepages der Stars im Internet, oder du sammelst kleine Klebebildchen. Vor vielen Jahren

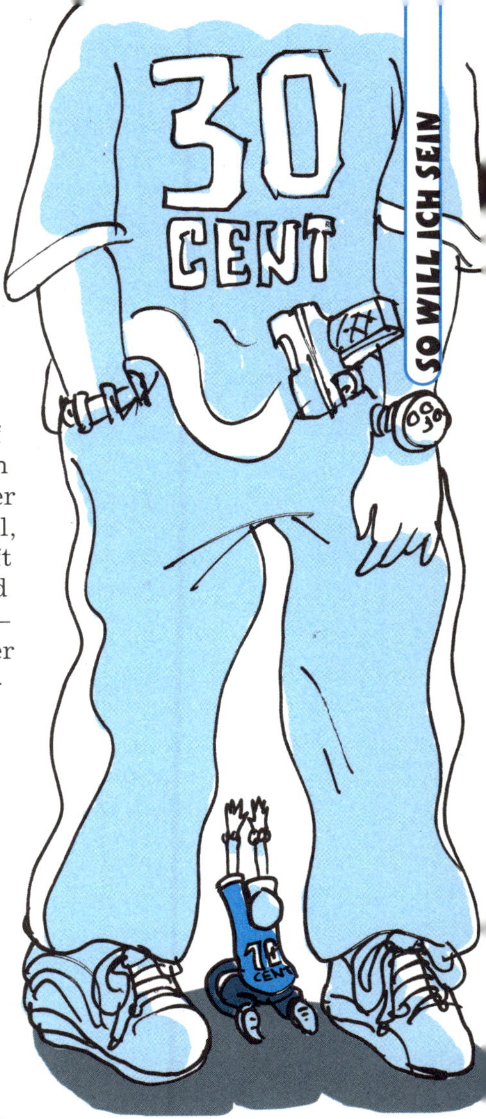

gab es in bestimmten Jugendmagazinen sogar Starschnitte mit den angesagtesten Promis: Fans konnten sich ihren Superstar ausschneiden und in Lebensgröße zusammenkleben. Mädchen schwärmen übrigens am liebsten kunterbunt durch die ganze Promi-Welt, während Jungs sich auf einzelne Stars beschränken und ihre Idole häufig in der Welt des Sports finden. Egal, warum es ein Star geschafft hat, dich mit seiner Art und Ausstrahlung zu begeistern – es bringt dich weiter in der Entwicklung zu deiner eigenen Persönlichkeit und öffnet dir gleichzeitig Rückzugsmöglichkeiten in eine andere Welt. So sorgt deine Lieblingsmusik dafür, dich zu entspannen und darüber nachzudenken, was dich wirklich bewegt. Sie hilft dir, wenn du mal schlecht drauf bist, und sie macht dich noch glücklicher, wenn du ohnehin schon gute Laune hast. Sportliche Höchstleistungen wiederum motivieren dich, selbst Leistungen zu erbringen. Dabei musst du nicht gleich von einem Weltrekord zum nächsten hetzen. Die Anerkennung, die dir nach einer guten Schulnote zuteil wird, ist nicht weniger wichtig. Du kannst das Gefühl genießen, dich in deinem Erfolg zu sonnen, selbst wenn es nur das Lob deiner Eltern ist oder der Schlag auf die Schulter von einem deiner Fußballfreunde, weil du einen genialen Pass vorgelegt hast. Das Aussehen eines Stars inspiriert dich vielleicht aber auch dazu, einen neuen Look auszuprobieren. Denn letztendlich kannst du deinen eigenen Stil nur finden, wenn du deine Optik öfter mal veränderst – um am Ende festzustellen, was wirklich zu dir passt.

Der kleine Unterschied

Eins steht definitiv fest: Jungs und Mädchen schwärmen komplett unterschiedlich. Das hat ein Münchner Forschungsinstitut in einer groß angelegten Umfrage im Jahr 2007 auf den Punkt gebracht: Jungs finden vor allem Fußballer toll. Selbst Bayern-München-Torwartheld Oliver Kahn kam noch auf den dritten Platz. Vor ihm lagen nur Lukas Podolski und Michael Ballack. Selbstverständlich wechseln die Idole wie das Torverhältnis der einzelnen Stars. Aber egal, wer heute dein absoluter Fußball-Volltreffer ist: Jungs suchen sich gern männliche Idole, die so sind, wie sie selbst gern wären.

Warum das so ist, hat schon oft die Psychologen auf den Plan gerufen. Fest steht, dass es Jungs vor allem in der jüngeren Kindheit an männlichen Vorbildern fehlt. Die meiste Zeit verbringen Kinder immer noch mit ihren Müttern, darauf folgt die Kindergartenzeit, in der die Erziehung in der Regel von einer Frau übernommen wird, und auch in der Grundschule finden sich überwiegend Lehrerinnen statt Lehrer. Kein Wunder also, dass Jungs bei so viel weiblicher Übermacht spätestens in der Pubertät das dringende Bedürfnis verspüren, ihre Identität und ihr Rollenverständnis herauszufinden. Denn dass Jungs anders sind, wissen sie spätestens seit dem Tag, an dem sie entdeckt haben, dass sie im Stehen Pipi machen können und Mädchen nicht.

Fan oder fanatisch?

Nur sechs Buchstaben trennen das normale Anhimmeln von ungesunder Abhängigkeit: Während Fans toll finden, was ihr Idol macht und dabei trotzdem weder ihr Leben noch ihren Freundeskreis vernachlässigen, kapseln sich Fanatiker von ihrer Umwelt ab. Sie leben nur noch für ihr Idol, das ihr ganzes Leben beherrscht. Für ihren Star sind sie bereit, alles zu tun. Dabei sind die Grenzen manchmal fließend. Nur weil du dein ganzes Zimmer mit Postern deines Lieblingsstars tapeziert hast, musst du nicht gleich fanatisch sein. Und nur, weil du die Spiele deines Lieblings-Fußballclubs im Vereinstrikot samt Schal und Fahne besuchst, bist du noch nicht reif für die Anstalt. Wer aber einen Großteil seiner Freizeit auf der Suche nach News über seinen Star im Internet surft und seinen Freundeskreis in Star-Foren rekrutiert, braucht vielleicht Unterstützung, um den Weg in die Realität zurückzufinden.

Die Bälle flach halten

Fan sein hat allerdings auch ein paar Hintergründe, mit denen sich Psychologen beschäftigt haben. Idole sind deshalb wichtig, weil du es toll findest, dass

- … sie das Leben führen, von dem du selbst träumst.
- … sie von absoluten Traumgirls angehimmelt werden.
- … sie so viel Erfolg haben, dass ihnen die ganze Welt offen steht.
- … du mit deinem Idol ein total sorgloses Jetset-Leben führen könntest. Und davon träumen darf man ja schließlich.

Wenn du die Bodenhaftung verlierst …

- … sprich mit einem Erwachsenen deines Vertrauens über dein Verhalten. Das kann ein Lehrer sein, ein Verwandter oder Nachbar und natürlich auch deine Eltern.
- … setze dir selbst ein Zeitlimit, wie lange und wie oft du dich mit deinem Star beschäftigen willst. Das können zwei Stunden in der Woche sein oder zehn Minuten pro Tag. Wenn du das allein nicht schaffst, bitte deine Eltern, zum vereinbarten Zeitpunkt den Stecker zu ziehen.
- … versuche, wieder in der richtigen Welt Fuß zu fassen, vielleicht mit einem neuen Hobby oder durch die Mitgliedschaft in einem Sportverein.
- … aktiviere deine Kumpels und verabrede dich zum Skaten, Schwimmen oder Kicken.

Videogames & Co.

Mehr als Mädchen neigen Jungs dazu, in virtuellen Welten abzutauchen. Sie können nicht nur Fan von Stars sein, sondern sind immer häufiger auch Fan von Videogames oder Online-Spielen. Im Schnitt verbringen Jungs dreimal mehr Zeit vor dem Computer oder an der Videokonsole als Mädchen. Dabei stehen Jungs auf Action, Jump-and-Run-Spiele oder auch auf Games, die sie im Wettbewerb mit Freunden spielen können. Jungs werden viel schneller zu sogenannten *heavy users*. 58 Prozent spielen täglich oder zumindest mehrmals in der Woche Video- oder Computerspiele, bei den 12- bis 13-jährigen sind es bereits 40 Prozent. In der gleichen Altersgruppe interessieren sich im Vergleich lediglich 14 Prozent der Mädchen für Spiele am Monitor. Warum das so ist, dafür hat die Wissenschaft eine einfache Erklärung gefunden: Virtuelle Spiele richten sich hauptsächlich an die Interessen von Jungs. Für Mädchen gibt es schlichtweg viel weniger Spiele, die ihnen Spaß machen würden. Trotzdem solltest du darauf achten, dass Computer- und Videospiele nicht zu deinem wichtigsten Hobby werden. So lange du noch deine Freunde (nicht nur online) triffst und dich für einen Sport begeistern kannst, ist es völlig in Ordnung, auch mal ein Wochenende vor dem PC abzutauchen.

Game Boys

Von Nintendo bis Playstation: Jungs sind klare Weltmeister im Bedienen von Spielekonsolen. 52 Prozent der 12–19-jährigen Jungs besitzen eine eigene Spielekonsole – im Gegensatz zu nur 20 Prozent der Mädchen.

IN FREMDE WELTEN ABTAUCHEN

Nicht nur Stars verschaffen dir notwendige Auszeiten, die du innerhalb deines Gefühlschaos immer wieder brauchst. Schließlich hast du genug Stress mit dem ganz normalen Leben: Da entpuppt sich plötzlich dein Sandkastenfreund als Mobbingmonster und das letzte Punktspiel deiner Fußballmannschaft hast du auch verpatzt. Logisch, dass du manchmal am liebsten abhauen würdest. Und davon träumst, dich ab und zu mal für ein Weilchen auf einen anderen Planeten zu beamen, auf dem es keine Pickel, keine Eltern und keine nervige Schule gibt. Wie gut, dass Technik das (fast) möglich macht. Ob du in deinem persönlichen Cyberspace nun surfst, chattest oder bloggst – in der weiten Welt des Internets lässt sich immer eine Runde entspannt chillen. Und dabei gibt es vieles zu entdecken. Worauf du allerdings achten solltest, wenn du online bist, erfährst du hier.

Surfen für Profis

Natürlich weißt du, wie Maus und Keyboard funktionieren. Schließlich hast du das schon im Kindergarten gelernt. Schwieriger ist eher der Umgang mit der Zeit, die komischerweise immer dann verschwindet, wenn du vor dem Bildschirm sitzt. So wie kürzlich, als du nach der Schule nur mal schnell deine Mails checken wolltest. Als du deine Augen das nächste Mal vom Bildschirm lösen konntest, war es draußen stockfinster und der Tag gelaufen. Denn wenn man so gemütlich vor sich hinchattet oder von Site zu Site surft, kann das schnell passieren. Deshalb ist es schlau, wenn du dir vorher überlegst, wie viel Zeit du überhaupt fürs Internet übrig hast und was du an dem Tag sonst noch vor hast. Am besten stellst du dir einen Wecker auf die gewünschte Zeit ein

und schon kannst du sicher sein, dass du dein Nachmittagstraining nicht verpasst. Damit punktest du übrigens auch bei deinen Eltern, die sich mit Sicherheit stets und ständig Sorgen machen, dass du zu viel Zeit vor dem PC sitzt – und dich womöglich noch mit ihren typisch verbalen Entgleisungen wie »Du hast ja schon quadratische Augen!« nerven.

Tipp: Mit ein bis zwei Stunden Internet am Tag kannst du schon eine ganze Menge »unternehmen« und deine Eltern beruhigen. Denn das ist auch eine Zeitspanne, die Experten vorschlagen.

Online quatschen

Draußen regnet es in Strömen oder du hast einfach keinen Bock, echte Menschen zu treffen oder zu telefonieren. Und trotzdem willst du mit irgendwelchen Kumpels oder auch mal mit ganz unbekannten Typen (und Mädchen) quatschen. Wie gut, dass es Chats gibt. Die sind übrigens auch eine ideale Spielwiese, um das mit den Mädchen einfach mal auszuprobieren. Locker plaudern oder sich vielleicht schon mal ein bisschen an die Süße ranpirschen – im Chat kannst du das sozusagen mit Netz und doppeltem Boden riskieren. Chats gibt's natürlich zu allen möglichen Themen – egal, ob du ein Bastler bist und was über die technischen Details deines Mountainbikes oder Videogames wissen willst, oder ob du mit anderen Fußballfans über die letzte Klatsche deines Vereins ablästern möchtest. Chats gibt's natürlich auch zu Schulthemen. Aber lassen wir das, davon willst du sicher nicht allzu viel wissen.

Eltern sind übrigens immer megabesorgt, wenn sie erfahren, dass ihre Kinder chatten. Erstens, weil sie selbst nur wenig Ahnung von dem Spaß haben. Und zweitens, weil sie sich einfach sorgen. Leider zu Recht, denn in Chats können sich üble Typen verstecken, die es nicht nur auf Mädchen, sondern auch auf Jungs abgesehen haben. Am besten ist es deshalb, wenn du einen moderierten Chat aussuchst. Das heißt, dass ein Mitarbeiter der Internet-Site, auf der der Chat stattfindet, darauf aufpasst, dass keine unverschämten oder verbotenen Dinge geschrieben werden. Chatforen zu allen möglichen Themen findest du weiter unten.

Schutz im Netz

Zu deinem Schutz ist aber auch wichtig, dass du im Chat niemals öffentlich deinen Namen und deine Telefonnummer oder Adresse angibst. Denn leider weißt du nie, wer da so alles mitmacht und mitliest! Und sollte der supernette Typ oder das witzige Girl, mit dem du gerade ewig lange gechattet hast, näheren Kontakt zu dir wollen, gib ihm deine E-Mail-Adresse. Die kannst du bei verschiedenen Anbietern einfach einrichten – und im Zweifelsfall genauso einfach wieder löschen. Denn leider ist im Internet auch viel Schrott zu finden, da bilden die Chatforen keine Ausnahme. Du bindest ja auch nicht jedem, mit dem du chattest, auf die Nase, dass dir gerade heute der Megapickel auf der Nase wächst oder du dich wie ein blasser Milchbubi fühlst. So kann auch jeder andere eine Mogelpackung sein, hinter der sich im schlimmsten Fall jemand verbirgt, der es weder mit dir noch mit anderen Jugendlichen gut meint. Und sobald jemand dicke Sprüche reißt, die dir unangenehm sind, heißt es sowieso: Und tschüss! Und zwar für immer. Bloß weil ihr euch nicht direkt gegenübersitzt, musst du dir noch längst nicht alles gefallen lassen!

Coole Chat- und Flirträume:

www.bravo.de
www.schulweb.de
www.yahoo.de
www.u-boot.com
Außerdem hat jeder Bundesligaclub natürlich seine eigene Fansite mit Fan-Chat.

Die beliebtesten Nicknames

Nicht nur aus Sicherheitsgründen, sondern auch weil es Spaß macht, geben sich die meisten Surfer in Chats, Foren oder beim Bloggen Spitznamen. Diese kannst du an deinen Lieblings-Cyberorten für dich reservieren lassen. Die Chattiquette, also die Verhaltensregeln fürs Internet-Gequatsche, empfielt: Bleibe bei der Wahrheit und benutze deinen realen Vornamen. Kombiniere diesen mit einer Zahl, da es garantiert Unmengen an Peters, Martins, Tommis, Pauls, Lukas', Fabians oder Maximilians gibt. Also etwa so: Peter114.

Da aber auch diese Nickname-Kombinationen häufig vergeben werden, gibt es sie in Variationen wie Peter_114 oder Peter«114 oder Peter+114. Aus welchen Kategorien Nicknames am häufigsten stammen, hat ein Zwei-Wochen-Nonstop-Protokoll eines Chats ergeben:

45 PROZENT wählen einen Nickname, der persönliche Infos wie Wohn- oder Geburtsort, Alter oder Aussehen beinhaltet: Munich14, Berlin12, Hamburg13, handsome, schüchtern, cool.

17 PROZENT finden Nicknames cool, die etwas mit Technik zu tun haben: Pentium, Compi, Mr Festplatte.

16 PROZENT orientieren sich an Tieren: Froggy, Grissly, Knut, Tigerboy.

11 PROZENT spielen mit Worten: Bingbong, uh-hu, grrrrr.

8 PROZENT verwenden tatsächlich nur ihren Namen.

6 PROZENT klauen den Namen ihres Lieblingsstars oder einer Filmfigur: Ballack, Jack Sparrow.

4 PROZENT wollen mit ihrem Nickname provozieren: Badboy, Mr Munster, Skinhead.

Tipps für coole Nicks

Weil der Nick das Erste ist, was andere im Chat von dir wahrnehmen, solltest du dir deinen Onlinespitznamen gut überlegen, denn vielleicht sprechen dich andere nur deshalb an. Entscheidest du dich für den Nick eines berühmten Fußballers, werden sich garantiert andere Fußballfans bei dir melden. Fantasienamen wiederum führen dazu, dass dich Chatteilnehmer anquatschen, die wissen wollen, wie du auf den Namen gekommen bist.

Gut gebloggt

Seit einiger Zeit gibt es sogenannte Weblogs oder Blogs, die wie ein Tagebuch funktionieren – eben nur im Internet. Dabei kannst du selbst entscheiden, ob jeder, der die Adresse deines Blogs kennt, mitlesen darf, oder ob du nur deine Kumpels mit deinen Gedanken versorgst. Denn: Wenn du andere mitlesen lässt, können die auch ihre Kommentare zu deinem Blog abgeben – und das kann manchmal sogar ganz hilfreich sein. Umgekehrt kannst du natürlich auch in Blogs lesen und dabei erfahren, was andere zu bestimmten Themen denken.

Alles über Weblogs findest du – natürlich im Internet. Wenn du das Wörtchen Blog mal auf Deutsch googelst, erhältst du allein 13 300 000 (in Worten: dreizehnmillionendreihundertausend!) Einträge.

NACHGEDACHT UND NACHGEFRAGT

Wer bin ich eigentlich? Und wie bin ich überhaupt? Was ist mir wichtig? Als hättest du mit dem Hormonchaos in deinem Körper nicht schon genug zu tun, fängst du gerade jetzt auch zum ersten Mal an, ernsthaft darüber nachzudenken, wer du bist und was du überhaupt willst. Und es gibt nur eine Möglichkeit, diese Fragen zu beantworten: Du musst es ausprobieren!

Quatsch doch mal!

Hilfreich ist, wenn du all diese Fragen mal mit deinen Kumpels bequatschst. Denn du kannst ziemlich sicher sein: Selbst wenn sie es nicht sofort zugeben – auch sie denken im Moment garantiert nicht nur über den nächsten Bundesligaspieltag oder das nächste Formel-1-Rennen nach. Frag sie einfach mal!

Andere Gesprächspartner können Erwachsene sein. Ja, es stimmt, sie sind oft nervig und haben keine Ahnung, aber es gibt unter ihnen tatsächlich auch ein paar Exemplare, mit denen sich vernünftig reden lässt. Das müssen gar nicht deine Eltern sein – im Gegenteil: Es lohnt sich auch, die Meinung von jemandem zu hören, der neutral ist. Auf diese Weise kannst du prima testen, was die Leute in deiner Umgebung – zum Beispiel deine nette Patentante, dein cooler Onkel oder die lustige Nachbarin – zu sagen haben. Und das, was sie dir erzählen, könnte brauchbar sein.

Hallo, ist da jemand?

Apropos – auch die Frage nach dem Glauben wird irgendwann bei dir auftauchen. Vielleicht, weil du zur Firmung, Konfirmation oder Jugendweihe gehst, vielleicht, weil dich die schrecklichen Katastrophen aus dem Fernsehen beschäftigen. Jedenfalls stellst du plötzlich fest, dass der jährliche Kirchgang zu Weihnachten nicht alles sein kann, was mit dem Glauben zu tun hat. Du machst dir Gedanken, was dahinterstecken könnte, und du willst vor allem selbst entscheiden, woran du glaubst.

Wenn andere Menschen dich allerdings für etwas gewinnen oder in etwas reinziehen wollen, das du vielleicht nicht willst, ist allerhöchste Vorsicht angesagt. Die Rede ist von Sekten. Ihre Mitglieder sind nämlich darin geschult, Jugendliche in der Pubertät anzusprechen, weil sie wissen, dass die sich gerade während dieser Zeit besonders viele Gedanken machen und auf der Suche nach Vorbildern und Idolen sind. Deshalb gibt es ein paar Warnzeichen, auf die du achten solltest:

1. Wenn die Ideen und Vorstellungen der Leute, mit denen du sprichst, dir irgendwie komisch vorkommen, pass gut auf und lass dich zu nichts überreden. Auf keinen Fall sollte irgendwer Dinge von dir verlangen, die du nicht machen willst. Also: Ist dir etwas unangenehm, wehr dich, verweigere dich und halte in Zukunft Abstand von diesen Leuten.
2. Ein weiteres Warnzeichen ist, wenn du plötzlich deine gesamte Freizeit mit den neuen Leuten verbringen sollst und keine Zeit mehr für andere Dinge hast. Dann ziehe dich lieber rechtzeitig aus der Affäre. Brich den Kontakt ganz ab und lass dir nicht drohen, wenn du das tust. Bei Problemen oder gar Androhungen solltest du sofort mit deinen Eltern, dem Vertrauenslehrer oder dem Kinderschutzbund reden. Sie alle können dich unterstützen – und, wenn nötig, sogar die Polizei um Hilfe bitten.

Vom Kinderzimmer zur coolen eigenen Bude

Die Zeit der Kinderzimmer mit Dino-Tapeten oder Lampenschirmen mit aufgenähten Pumuckl-Figuren ist vorbei. Der Zeitpunkt ist gekommen: Du findest dein Zimmer nur noch öde! Keine Angst, du musst nicht extra viel Geld ausgeben oder gar neue Möbel kaufen, um etwas dagegen zu tun. Mit ein bisschen Kreativität kannst du dein Zimmer umgestalten und dich wieder so richtig wohlfühlen. Diese Tipps werden dir helfen:

Rumhängen

Eine Hängematte bekommst du schon für ein paar Euro. Und das Beste daran ist: Sie passt selbst in ein kleines Zimmer und verwandelt es im Handumdrehen in eine richtige Urlaubsoase, um die dich deine Freunde bestimmt beneiden werden!

Erleuchtung von oben

Wer sagt, Lichterketten sind nur was für Weihnachten, hat wohl einen an der Klatsche. Lichterketten gibt es inzwischen in den abgefahrensten Farben und mit den unterschiedlichsten Motiven. Ein paar davon quer an die Decke gehängt und deine Bude erstrahlt in einem ganz neuen Licht.

Schmucke Wand

Schmuck ist nicht nur was für Mädchen, sondern kann – richtig eingesetzt – auch ein Jungszimmer ziemlich pimpen. Nagle zum Beispiel ausrangierte Sonnenbrillen oder Dinge wie Muschelhalsketten einfach an die Wand.

Snowboardgarderobe

Bestimmt hast du noch irgendwo im Keller ein altes Snowboard stehen oder du kennst jemanden, der längst ein neues hat und das alte Ding sowieso wegschmeißen würde. Oder du findest eins auf dem Flohmarkt. Schnapp es dir, montiere Winkel für ein Bücherregal und leg es darauf – fertig!

Grünes Zimmer

Pflanzen sind in jedem Zimmer ein prima Gemütlichkeitsfaktor. Schwatz deinen Eltern ein paar Topfbewohner aus dem Wohnzimmer ab und verteile sie in deinen vier Wänden. Palmen eignen sich zum Beispiel vorzüglich als Raumteiler.

Vorhänge raus

Vorhänge sind was fürs Wohnzimmer, im eigenen Zimmer sehen sie absolut spießig aus. Die Lösung: Bambusrollos. Die bekommst du in vielen Einrichtungshäusern für wenig Geld. Falls dir die beige Farbe zu eintönig ist, kannst du ja zu Farbe und Pinsel greifen.

Hawaii-Tapete

Weiße Wände sind schrecklich. Mit einem kleinen Trick bekommst du jede Menge Südsee-Feeling in deine Bude: Schneide einfach eine Schablone nach dem Vorbild einer Hibiskusblüte aus und mach dich an den Farbeimer. Wenn du Blumen nicht magst, bastle Schablonen von Palmen, Muscheln oder einer Ananas.

ELTERN –

so erziehst du sie richtig

Irgendwie haben sich deine Eltern in der letzten Zeit ganz schön verändert. Ständig nörgeln und meckern sie, nichts passt ihnen so richtig. Wegen ein paar Kraftausdrücken machen sie gleich ein riesiges Fass auf und deine neuen Freunde sind ihnen auch nicht recht. Zu allem Überfluss sollst du dich jetzt auch noch im Haushalt nützlich machen. Als wenn du für so etwas Zeit hättest!

WENN ELTERN SCHWIERIG WERDEN

Pubertät ist dann, wenn Eltern anfangen, schwierig zu werden. Irgendwie haben sie sich in der letzten Zeit ganz schön verändert: Ständig nörgeln und meckern sie, nichts passt ihnen so richtig. Sie scheinen einfach nicht zu verstehen, dass du gerade drauf und dran bist, erwachsen zu werden und ganz gut ohne dein Kuscheltier einschlafen kannst. Außerdem drohen sie dir auf einmal mit wilden Strafen, nur weil der letzte Mathe-Test in die Hose gegangen ist. Zu allem Überfluss sollst du auch noch auf deine kleinen Geschwister aufpassen. Als ob du dafür Zeit hättest! Keine Frage, deine Eltern stecken mitten in der »Eltern-Pubertäts-Krise«! Dafür gibt es eine Lösung, denn das ist alles nur eine Frage der Erziehung. Deiner Erziehung!

Wer hat sich verändert?

Kaum bist du raus aus den Kinderschuhen, scheint Schluss zu sein mit dem Vater-Mutter-Kind-Idyll. Statt des Wir-haben-uns-alle-lieb-Schmusekurses ist das Familienleben plötzlich durch jede Menge Wut, Auseinandersetzungen und manchmal sogar handfeste Streits geprägt. Was ist bloß mit euch passiert? Früher reichte eine kleine Entschuldigung aus, damit deine Eltern dich wieder in die Arme schlossen. Davon kannst du jetzt nur noch träumen. Du fühlst dich zu Hause ungeliebt, unverstanden, unerwünscht. Dieses Gefühl haben die meisten Jugendlichen während des Erwachsenwerdens mehr oder weniger oft. Am liebsten würden sie alles hinschmeißen, sich eine eigene Bude suchen und endlich mal machen, was sie wollen. Dass das aber nicht so leicht ist, sagt dir schon dein gesunder Menschenverstand. Woher soll zum Beispiel die Kohle für die Miete kommen? Und wer

bezahlt den Strom, das Telefon und die Gebühren für Müllabfuhr und Fernseher? Du brauchst keinen Taschenrechner, um herauszufinden, dass dein Job als Zeitungsausträger nicht genügend große Scheine abwirft, um nebenher auch ein paar Lebensmittel zu kaufen. Und wenn du ehrlich zu dir bist, sind diese Auszugswünsche auch gar nicht ernst gemeint, denn eigentlich geht es dir in deinem »Nest« bei deinen Eltern gut. Neben dem Rückzug hilft Reden, auch wenn das nicht immer mit den eigenen Eltern möglich ist.

Was steckt eigentlich dahinter?

Warum ziehen Eltern plötzlich die Zügel an, wenn ihre Kinder in die Pubertät kommen? Das hat auch Familienforscher beschäftigt und sie fanden heraus, dass nicht nur du mit all deinen körperlichen und emotionalen Veränderungen zu kämpfen hast, sondern auch deine Eltern. Die Entwicklung deiner eigenen Meinung und Standpunkte macht ihnen Angst. Hinzu kommt ihre Sorge, dass dir etwas zustoßen könnte. Wenn sie in der Zeitung von einem schlimmen Unfall gelesen haben, scheinen sie sofort zu meinen, dass dir das Gleiche passieren kann. Das heißt, Eltern verhalten sich nicht besorgt, um dich zu ärgern, sondern weil sie spüren, dass du dich mit zunehmendem Alter nicht mehr zu Hause anbinden lässt. Du möchtest verstärkt deine eigenen Wege gehen, Wege, die sie vielleicht nicht kennen. Das ist für viele Mütter und Väter Grund genug, mit überzogenen Maßnahmen zu reagieren. Durchsetzen ist jetzt für dich angesagt, damit deine elterlichen Vorgesetzten nicht mehr überall hineinreden. Schließlich könnte alles so schön sein, wenn nicht nur du Regeln einhalten müsstest, sondern auch deine Eltern.

Wie wäre es mit dieser kleinen Regieanweisung für euer Zusammenleben?

1. Regeln sind in Ordnung, aber bei ihrer Einhaltung sollten Eltern flexibel bleiben. Es ist okay, wenn ihr ausmacht, dass du am Wochenende immer um eine bestimmte Uhrzeit zu Hause sein sollst. Aber wenn wirklich die Party des Jahres steigt, sollten Ausnahmen möglich sein.

2. Du verstehst ja, dass deine Mutter sauer ist, weil du sie als blöde Kuh beschimpft hast. Aber muss sie deshalb die nächsten 14 Tage bei jeder Gelegenheit darauf rumhacken, obwohl du dich schon lange entschuldigt hast?
3. Reden ist okay, aber doch nicht nur dann, wenn es deinen Eltern passt und sie dich beim Abendessen ausquetschen wie eine Zitrone. Viel besser wäre es, sie hätten Zeit, wenn dich wirklich etwas bedrückt.

4. Schön wäre es auch, wenn deine Eltern verstehen würden, dass du selbst entscheiden kannst, was du anziehst. Das gilt auch für die Wahl deiner Hobbys oder für die Musik, die du gern hörst. Sie müssen das ja nicht alles gut finden, aber sie können ihre Meinung durchaus auch mal für sich behalten.
5. Ein bisschen Kontrolle ist ja in Ordnung, aber wenn Eltern es übertreiben, hört der Spaß auf. In Jugendclubs, Discos oder bei deinen Cliquentreffpunkten haben sie wirklich nichts zu suchen.

HILFE FÜR ELTERN IM PUBERTÄTSSTRESS

Viele Jungs machen die Erfahrung, dass sich während der Pubertät das Verhältnis zu ihrer Mutter verändert. Noch vor wenigen Monaten hast du auf ihrem Schoß gesessen und ihren Geschichten gelauscht. Daran wäre jetzt nicht mehr zu denken – wie uncool! Und natürlich fällt ab sofort auch dein Gutenachtkuss eine Nummer zu flüchtig aus. Am liebsten würdest du sogar ganz darauf verzichten. Und wenn du mal länger wegbleiben willst, sind die Chancen größer, dass dein Vater dir die Party erlaubt.

Besondere Beziehungen: Mutter-Sohn/Vater-Sohn

Irgendwie scheinen Väter die Pubertät ihrer Söhne eh relaxter zu nehmen. Woran das liegt, ist schnell erklärt: Dein Vater hat sich während seiner eigenen Pubertät bestimmt ähnlich gefühlt wie du und auch genauso getickt.

Hinzu kommen die körperlichen Veränderungen – und da stehst du deinem Vater natürlich näher als deiner Mutter. Es ist deshalb in Ordnung, dass du dich in dieser Zeit von deiner Mutter ein bisschen distanzierst. Das hat auch mit der Entwicklung deiner eigenen Sexualität zu tun, die deine Mutter jetzt nichts mehr angeht. Deinen Vater im Übrigen auch nicht, doch er kann dir zumindest als wertvoller Ratgeber dienen.

Reden hilft!

Aber auch du kannst deinen Eltern während der Pubertät beistehen. So klappt's:

1. Erkläre ihnen in einer ruhigen Minute, dass Pubertät nicht nur bedeutet, dass du dich veränderst, sondern dass es in dieser Zeit auch um ein neues Level in eurer Eltern-Kind-Beziehung geht. Und damit zwangsläufig um Veränderungen in der gesamten Familie. Hoppla! Damit werden sie erst mal genug zum Nachdenken haben – und das verschafft dir etwas Ruhe.
2. Versuche, ihnen verständlich zu machen, dass es völlig in Ordnung ist und zu deiner sozialen Entwicklung gehört, wenn du abends lieber einen coolen Actionfilm anschaust, als mit deinen Eltern über Schulnoten oder den Sportverein zu reden. Schließlich braucht jeder mal eine Auszeit.
3. Nimm dir ein paar Minuten Zeit und erkläre ihnen, dass es bei dir auch um gefühlsmäßige Veränderungen geht. Und dass Poster von halbnackten Models oder coolen Musikern deswegen in deinem Zimmer hängen, weil sie dir schlicht und einfach gefallen. Du verlangst ja nicht, mit diesen Bildern auch das Wohnzimmer verschönern zu wollen.
4. Wenn Eltern dir den kleinen Finger reichen, dann nehme nicht die ganze Hand! Bekommst du endlich die gewünschten Freiheiten zugestanden, achte darauf, diese Spielräume nicht auszureizen, Abmachungen einzuhalten und tatsächlich auch für dein Handeln einzustehen.
5. Es kann passieren, dass deine Eltern auf Teufel komm raus vermeiden möchten, sich mit dir auseinanderzusetzen. Vielleicht sind sie überfordert, enttäuscht oder zu resigniert, um über immer wiederkehrende Inhalte zu diskutie-

ren oder zu streiten. Passiert das, erkläre ihnen, dass »Reibung« zum Miteinander gehört. Und weil es manchmal gar nicht um den Inhalt des Streits, sondern um die Streitkultur an sich geht, gehören Auseinandersetzungen zum Leben dazu. Aber Achtung: Wenn du wegen allem und jedem eine Riesendiskussion vom Zaun brichst, gehst du schnell das Risiko ein, dass deine Eltern die für dich wirklich wichtigen Themen gar nicht mehr wahrnehmen und im Zweifelsfall falsche Entscheidungen fällen. Also, nicht übertreiben!

6. Wenn Eltern Probleme damit haben, nicht mehr die Größten in deinem Leben zu sein und dich deshalb aus Frust oder verletzter Eitelkeit kränken, lächerlich machen oder bloßstellen, solltest du dagegen protestieren. Denn du hast jedes Recht der Welt, deinen Eltern mal zu sagen, wie der Hase inzwischen läuft und auch deutlich anzusprechen, wie sehr dich ihre Reaktionen verletzen. Sollten sie dich immer noch nicht verstehen, sag ihnen, dass sie sich damit abfinden sollten, nicht mehr die »Traummama« oder der »Traumpapa« zu sein, denn auch diese Entwicklung ist völlig normal. Dafür haben sie jetzt aber die Möglichkeit, ein von dir anerkannter und be- und geliebter erwachsener Partner zu werden. Und wenn deine Eltern ehrlich sind, werden sie sogar feststellen, dass dieses neue Verhältnis auch ihnen Freiheit gibt. Doch

auch jetzt gilt: Nur nicht übermütig werden! Denn all das bedeutet nicht, dass deine Eltern nicht mehr erziehungsberechtigt sind und du auf einmal machen kannst, was du willst. Ihr habt aber die Chance, »erwachsener« miteinander umzugehen. Und das ist doch schon einmal eine ganze Menge, oder?

Benimm-Regeln für Eltern – zum Abschreiben und Aufhängen!

1. Eltern sollten nie jugendlicher sein wollen als ihre Kinder.
2. Eltern sollten sich immer den Diskussionen stellen. Auch wenn es mal heiß hergeht und sie das Risiko eingehen, am Ende den Kürzeren zu ziehen!
3. Eltern sollten einhaltbare Regeln aufstellen, die Spielräume lassen!
4. Eltern sollten ihre Kinder nie bloßstellen. Das tut weh und ist vollkommen unnötig.
5. Eltern sollten sich ihre Meinung über Klamotten, Musik und Idole einfach verkneifen. Sie ist derzeit nicht gefragt. Basta!
6. Eltern sollten nicht immer alles wissen wollen. Ihre Kinder erzählen ihnen schon, was sie wissen sollen!
7. Eltern sollten ihren Kindern etwas zutrauen und sie fordern. Das fördert das Verantwortungsbewusstsein!
8. Eltern sollten nie an Orten auftauchen, die ausschließlich für Jugendliche gedacht sind. Dazu gehören auch die Disco und das Jugendzentrum!
9. Eltern sollten immer daran denken, dass bereits vor der Pubertät der größte Teil der Erziehung stattgefunden hat!
10. Eltern sollten sich erwachsen, großzügig und versöhnlich verhalten, egal, wie groß die Provokation ist!

Verpiss dich! Kraftausdrücke ja oder nein?

So richtig heftige Sprüche ablassen und nach Herzenslust zu fluchen, macht tierischen Spaß. Es gibt kaum etwas Besseres, als im größten Frust tolle neue »Arsch-Kombinationen« zu kreieren und diese nach Möglichkeit auch sofort und ungebremst dem Missetäter »um die voll verpickelten Drecksohren« zu hauen. Doch leider ist die Kultur des Fluchens und das akzeptierte Verwenden von Kraftausdrücken in den letzten Jahrhunderten immer mehr in Vergessenheit geraten. Woran liegt das? Darüber streiten die Gelehrten. Schade ist es jedenfalls, da das Streiten mit Worten durchaus Spaß machen kann. Außerdem ersetzt es in vielen Fällen die körperliche Auseinandersetzung. Das predigt der amerikanische Sprachwissenschaftler Barry Sanders seit Langem: »Jugendliche sollten unbedingt verbal miteinander raufen. Denn wenn sie das nicht mehr können, bleibt ihnen nur noch der brutale körperliche Schlagabtausch. Und das bedeutet einen Sieg von Kraft über Intelligenz!«

Aber aufgepasst!

Auch wenn's hammergeil ist – es gibt leider ein paar Menschen und Situationen, bei denen der Schuss nach hinten losgeht, wenn du mit dem neuesten Wortmist aus der Schule um dich wirfst. Vor allem Eltern, Lehrer, Nachbarn und Sporttrainer sind Leute, bei denen du aufpassen solltest. Generell werden die meisten Erwachsenen eine unflätige Ausdrucksweise nicht wirklich zu schätzen wissen. Was für Spielverderber! Eigentlich müsste doch allen klar sein, dass diese Art von Auseinandersetzung gerade in deiner jetzigen Phase lediglich als eine Art Provokation zu werten ist – und vor allem Stress abbaut. Um das Theater wegen der Kraftausdrücke zu vermeiden, hier ein Tipp: Wortraufereien, wildes Gepöbel und Verbalentgleisungen gehören definitiv in deinen Freundeskreis und deine Freizeit.

Solltest du dich doch einmal für ein unangemessenes Wort oder eine üble Beschimpfung verteidigen müssen, hier die besten Argumentationshilfen:

- Ich muss diese schlimmen Wörter ganz oft wiederholen, damit sie für mich ihren Reiz verlieren.
- So etwas Schlimmes zu sagen, macht ja eigentlich nur deshalb Spaß, weil ihr euch dann prompt so aufregt.
- Ich kenne diese Wörter nur aus den Texten meiner Lieblingsband.
- Sogar der 40-jährige Vater von meinem Freund benutzt diese Wörter.
- Wenn ich mich verbal austoben kann, bin ich viel weniger aggressiv.

Was du nicht mehr fragen musst!

Diese kurze Zusammenfassung zeigt, wie lange du in welchem Alter wo wegbleiben darfst.

Wenn du unter 14 bist ...

- ... darfst du in Gaststätten nur in Begleitung eines deiner Elternteile bis 24 Uhr sein.
- ... darfst du in Discos nur in Begleitung eines deiner Elternteile bis 24 Uhr sein.
- ... darfst du dich ohne deine Eltern bis um 22 Uhr bei Veranstaltungen von anerkannten Trägern der Jugendhilfe vergnügen.
- ... darfst du ohne deine Eltern bis 20 Uhr öffentliche Filmveranstaltungen besuchen.

Wenn du zwischen 14 und 16 bist ...

- ... darfst du in Gaststätten nur in Begleitung eines deiner Elternteile bis 24 Uhr sein.
- ... darfst du in Discos nur in Begleitung eines deiner Elternteile bis 24 Uhr sein.
- ... darfst du ohne deine Eltern bis um 24 Uhr Veranstaltungen anerkannter Träger der Jugendhilfe besuchen.
- ... darfst du ohne deine Eltern bis 22 Uhr öffentliche Filmveranstaltungen besuchen.

Wenn du über 16, aber noch nicht 18 bist ...

- ... darfst du dich bis um 24 Uhr in Gaststätten aufhalten.
- ... darfst du bis um 24 Uhr in die Disco.
- ... darfst du ohne deine Eltern bis um 24 Uhr Veranstaltungen anerkannter Träger der Jugendhilfe besuchen.
- ... darfst du ohne deine Eltern bis 24 Uhr öffentliche Filmveranstaltungen besuchen.

Von Rechten und Pflichten

Eine Familie ist nur so gut, wie die Mitglieder in ihr zusammenarbeiten. Das heißt: Jeder muss sich an Regeln halten und bestimmte Aufgaben übernehmen. Das gilt für deine Eltern genauso wie für dich selbst. Obwohl sich deine Eltern rein rechtlich gesehen in vieles einmischen dürfen, gibt es natürlich Bereiche, in denen du beinahe ganz eigenverantwortlich handeln kannst. Daran ist im Übrigen auch der Gesetzgeber interessiert, denn er will, dass aus dir ein verantwortungsbewusster Mensch wird. Deshalb muss er in der Formulierung der Gesetze auch eine ziemliche Gratwanderung unternehmen: dir also bestimmte Freiheiten zugestehen, auf der anderen Seite aber die juristische Verantwortung für dich auf deine Eltern übertragen. Nicht umsonst werden sie ja auch als »Erziehungsberechtigte« bezeichnet. Es ist deshalb gar nicht so leicht, sich in dem Dschungel von Rechten und Pflichten genau zu orientieren. Die wichtigsten Infos findest du hier:

Elternpflichten:

Deine Eltern sind dazu verpflichtet, dass

- … du zur Schule gehst. (Schulpflicht)
- … du körperlich und seelisch unbeschadet aufwächst.
- … du genug zu essen und zu trinken bekommst.
- … du ordentlich angezogen bist.
- … du bis zu deinem 18. Geburtstag finanziell versorgt bist.
- … deine Gesundheit nicht beeinträchtigt ist oder wird. (Personensorge)

Kurz gesagt: Deine Eltern können durchaus ein Wörtchen mitreden, wenn ihnen deine Klamotten zu schäbig und deine Freunde zu suspekt sind oder ihnen deine Ausgehzeit zu lang ist. Einer Menge Ärger kannst du aus dem Weg gehen, wenn du gerade in diesen

Punkten immer wieder das Gespräch mit deinen Eltern suchst. Ermutige sie zu einer modernen, aufgeklärten Erziehung. Umso mehr Freiräume sie dir geben, umso eher kannst du lernen, mit diesen neuen Freiheiten auch verantwortlich umzugehen. Natürlich haben nicht nur deine Eltern Pflichten; du hast auch eine ganze Menge Rechte.

Deine Rechte:
Du hast zum Beispiel das Recht …

- … ohne Gewalt erzogen zu werden.
- … auf Ruhe, Freizeit und Spiel.
- … auf einen eigenen Bereich innerhalb deines Lebensraums.

Deine Pflichten:
Dir darf zugemutet werden, dass du …

- … im Haushalt mithilfst.
- … auf deine kleinen Geschwister aufpasst.

Hier allerdings sagt das Gesetz ganz klar: Diese Aufgaben dürfen dich nicht überfordern und müssen dir noch genug Zeit für Spiel und Spaß lassen. Absolut keinen Spaß versteht das Gesetz, wenn dich deine Eltern schlagen, missbrauchen oder psychisch verletzen. Hier gilt: Setz dich sofort zur Wehr und hole Hilfe. Das kann entweder beim Jugendamt sein oder bei deinem Vertrauenslehrer in der Schule. Auch verhältnismäßig gängige »Erziehungsmaßnahmen« sind nicht ohne Weiteres erlaubt. Der Hausarrest gehört laut Gesetz zum Beispiel zu den sogenannten entwürdigenden Erziehungsmaßnahmen, wenn du dabei eingeschlossen wirst oder mehrere Tage am Stück das Zimmer oder die Wohnung nicht verlassen darfst. Hausarrest ist nur dann vertretbar, wenn dich deine Eltern vor einer ernsthaften Gefahr schützen wollen. Jetzt willst du natürlich wissen, wer über die Ernsthaftigkeit dieser oder jener Gefahr entscheidet. Tja, erst mal deine Eltern. Es kann also schwer werden, dagegen zu argumentieren, wenn deine Eltern auf dem Hausarrest bestehen.

Was ebenso wenig erlaubt ist wie ein generelles Ausgehverbot, ist das Einsperren unter verschärften Bedingungen, also ohne Essen und Trinken. Auch zusätzliche Strafen wie ein totales Besuchverbot für Freunde und Computer- oder Telefonverbot über einen längeren Zeitraum zählen zu den entwürdigenden Erziehungsmaßnamen. Ein Ausgehverbot für einige Abende in Folge, wenn du zum Beispiel für die Schule lernen musst oder morgens bei einer Prüfung ausgeschlafen sein musst, ist dagegen erlaubt. Verbieten dürfen sie dir zum Beispiel auch eine Party, wenn sie die Leute dort nicht kennen oder sie wissen, dass es dort jede Menge Alkohol und vielleicht sogar Drogen gibt.

Bitte nicht stören

Natürlich darfst du nicht alles und es ist auch klar, dass nicht alles »deins« ist. Trotzdem gehen dir diese Situationen ganz besonders auf die Nerven: Gerade bist du aus der Dusche gekommen und willst dich abtrocknen, da steht schon deine Mutter im Bad – weil sie etwas unglaublich Wichtiges erledigen muss, für das in ein paar Minuten keine Zeit mehr wäre. Das kann ganz schön nerven. Wenn sie einfach ins Bad platzt, ist das zwar kein Verbrechen, es muss aber nicht sein. Sie sollte sich mal überlegen, wie sie es gefunden hätte, wäre damals ihr Vater einfach so bei ihr reingeplatzt! Jeder hat ein Recht auf Privatsphäre, und das gilt ebenso für Kinder. Sollten deine Eltern sich nicht daran halten, fordere dein Recht ein! Da darfst du ruhig deutlich werden und klar bestimmen, was du in deinem direkten Umfeld duldest und was nicht. Natürlich gilt das nicht nur fürs Abtrocknen im Bad. Einfach so in dein Zimmer stürzen muss nicht sein. Es geht um Achtung und Respekt vor deiner Privatsphäre. Dein Zimmer ist dein Raum, deine Intimsphäre, in der du allein und ungestört sein darfst! Ganz egal, ob du gerade ein neues PC-Spiel zockst, mit einem Freund telefonierst oder einfach nur auf dem Bett liegst und deine Ruhe haben willst.

Deshalb gilt hier:

- Schließ dein Zimmer ab oder hänge ein Schild *Bitte nicht stören!* an die Tür!
- Vereinbare mit deiner Familie, dass jeder, der in dein Zimmer kommen möchte, vorher anklopft!
- Bestehe darauf, dass jeder auf dein Ja wartet, bevor er mit der Tür ins Zimmer fällt. Schließlich könntest du gerade mit etwas beschäftigt sein, was wirklich niemanden etwas angeht. Du rennst ja auch nicht einfach so zu deinen Eltern ins Schlafzimmer, oder?

Post für den Tiger!

Die Wahrung des Briefgeheimnisses steht weit vorne im Grundgesetz (Artikel 10 des Deutschen Grundgesetzes). Auch Eltern müssen das beachten! Alle an dich persönlich gerichteten Briefe, Postkarten, SMSe, alle deine Tagebücher und sonstigen persönlichen Aufzeichnungen sind deshalb tabu. Die einzige Ausnahme bilden deine Schulhefte – darin dürfen deine Eltern lesen, solange sie wollen.

Tipp: Deinen PC kannst du übrigens schützen, und zwar mit einem Passwort. Wenn du selbst nicht weißt, wie man ein solches einrichtet, lässt sich bestimmt ein Computerfreak in deinem Freundeskreis finden, der dir das erklärt.

Aber Achtung: Einen Haken hat die Sache! Weil deine Eltern dir gegenüber eine Aufsichtspflicht haben, darf ihnen nicht alles, was du treibst, ganz egal sein. Sollten sie den Verdacht haben, dass du etwas Verbotenes tust oder in Gefahr bist, dürfen sie auch dein Tagebuch lesen oder einen Blick auf deine Festplatte werfen. Wenn sie das allerdings machen, müssen sie einen ziemlich konkreten Verdacht haben. Bei einem Streitfall könntet ihr eine neutrale Person bestimmen, der deine Eltern ihren Verdacht schildern und die dann entscheidet, ob ein solcher Eingriff in deine Privatsphäre wirklich nötig ist. Übrigens: Je älter du bist, desto höher wird der Stellenwert deines Intimbereichs gegenüber der Elternaufsicht. Wenn du zwölf oder 13 bist, können sich deine Eltern also noch wesentlich mehr erlauben, als wenn du bereits 16 oder 17 Jahre zählst.

Haussklave Sohn?

Der Klassiker: Du hast noch nicht einmal deinen Schulranzen in die Ecke gepfeffert, da schmerzt schon Mamas Stimme im Ohr. Nur weil du dein Zimmer nicht ganz picobello aufgeräumt hast, bist natürlich nur du an der Kakerlakenarmee schuld, die sich rücksichtslos den Weg durchs ganze Haus bahnt. Und für gewöhnlich lässt deine Mutter nicht einmal dann locker, wenn du dich sofort an die Arbeit machst, die Joghurtbecher wegzuwerfen und die Tassen in die Spülmaschine zu räumen. Meistens gibt es unterschiedliche Meinungen darüber, was noch gemütlich cool und was schon ein Saustall ist.

Deshalb:

1. Die schmutzige Wäsche gehört in den Wäschekorb.
2. Die frisch gewaschene Wäsche gehört nicht auf die Couch, sondern in den Kleiderschrank.
3. Vor dem Schlafengehen das dreckige Geschirr in die Küche bringen und leere Verpackungen in den Müll werfen.
4. Wenn du sowieso schon am Aufräumen bist, kannst du dir schnell den Staubsauger schnappen und ruck, zuck durchsaugen. Dann hat auch keiner mehr einen Grund, in deinem Zimmer rumzustöbern.

Taschengeld

Die schlechte Nachricht vorneweg: Wie viel Taschengeld deine Eltern dir geben, hängt von ihrem guten Willen ab. Eine Verpflichtung oder ein Gesetz, seinen Kindern Taschengeld zu zahlen, gibt es nicht. Bedenke das bei deinen Verhandlungen! Die meisten Eltern wissen aber auch, dass das Taschengeld dabei hilft, mit Geld umzugehen, es sich einzuteilen und bei den Ausgaben Prioritäten zu setzen. All das sind Schritte auf dem Weg zu mehr Eigenverantwortung. Sollten sich deine Eltern tatsächlich weigern, dir Taschengeld zu geben, könntest du dich ans Jugendamt wenden. Die Mitarbeiter dort werden sicher versuchen, deine Eltern zu überzeugen, dass das Taschengeld eine sinnvolle Erziehungsmaßname ist. Meistens sehen Eltern das ein. Von den Jugendämtern gibt es auch einige Richtwerte für den wöchentlichen oder monatlichen Zuschuss.

Taschengeld-Empfehlungen

2 bis 5 Jahre: 50 Cent wöchentlich
6 bis 7 Jahre: 1,50 Euro wöchentlich
8 bis 9 Jahre: bis 2,50 Euro wöchentlich
10 bis 12 Jahre: 10 Euro monatlich
13 bis 15 Jahre: 20 Euro monatlich
16 bis 17 Jahre: 30 bis 40 Euro monatlich

Vom Nehmen und Geben

Du willst auf eine Party und danach mit deinen Kumpels bei einem Freund übernachten? Du willst abends länger raus und ein paar Euro mehr Taschengeld würden auch nicht schaden? Keine Frage, in Sachen Erziehung sitzen deine Eltern am längeren Hebel. Fast alles können sie dir verbieten, sie können Druck ausüben oder dir Strafen aufdrücken. Ganz machtlos bist du trotzdem nicht! Wenn du geschickt verhandelst und nicht vergisst, dass man eher als Erwachsener behandelt wird, wenn man sich auch wie einer benimmt, kannst du sicherlich den einen oder anderen Kompromiss erwirken.

1. Schaffe Vertrauen!

Deine Eltern sind von Natur aus ängstliche Wesen. Sie glauben immer an das Schlimmste und finden stets genügend Gründe, sich eine Menge Sorgen zu machen. Darin steckt auch eine Chance. Und zwar für dich! Niemand kann ihnen nämlich die Sorgen leichter nehmen als du selbst. Am besten gelingt dir das, indem du ihnen möglichst umfassend erzählst, was du so vorhast. Damit kannst du ihre wilden Fantasien schon von vornherein entkräften. Und sie spüren, dass sie dir vertrauen können, weil du ihnen alles erzählst. Na ja, fast alles …

2. Fordere nicht zu viel auf einmal!

Damit löst du bei deinen Eltern meistens nur eine Trotzreaktion aus, die dir überhaupt nicht hilft. Mit ihren Kindern knallhart zu verhandeln, ist für Eltern etwas absolut Neues. Sie müssen lernen, ihrem Nachwuchs zu vertrauen. Das geht leider nicht von heute auf morgen – sie haben ja gerade erst verstanden, dass du zum Einschlafen kein Kuscheltier mehr brauchst. Willst du mit deinen Freunden zum Beispiel für eine Woche auf den Zeltplatz fahren, beginne früh genug mit dem Verhandeln. Fahrt doch erst mal an einem Wochenende zum Zelten! Wenn deine Eltern erkennen, dass ihr keinen Mist baut, stehen die Chancen bestens, dass sie dich auch mal eine ganze Woche mit diesen Freunden losziehen lassen. Vor allem kannst du später damit argumentieren, dass ihr bei eurem Zeltwochenende nicht über die Stränge geschlagen seid – euch also wie Erwachsene benommen habt. Du musst ihnen ja nicht jedes kleinste Detail eurer lustigen Abende auf die Nase binden.

3. Sei pünktlich!

Nichts hassen Eltern mehr als Unzuverlässigkeit. Wenn du ewig zu spät kommst und dich nur so dann und wann mal an Absprachen hältst, musst du dich nicht wundern, wenn sie misstrauisch werden. Am besten hältst du dich an alle Absprachen und Vereinbarungen. Und wenn du dich mal verspätest hast: Entschuldige dich!

4. Komm ihnen entgegen!

Eltern mögen brave Kinder. Mach ihnen ein Angebot, was sie im Gegenzug von dir erwarten können, wenn sie dir Zugeständnisse machen. Das muss ja nicht gleich ausarten wie auf einem orientalischen Basar. Wenn du aber nicht nur forderst, sondern deinen Eltern auch den ein oder anderen Gefallen tust, verhandelst du erfolgreicher. Und dafür, dass du von einer Party nicht schon um 20 Uhr nach Hause kommen musst, lohnt es sich doch, einfach mal schnell zum Staubsaugen auszurücken oder auf der Leiter herumzuturnen und im Garten die Hecke zu schneiden, oder? Deine Eltern verstehen so, dass dir etwas total wichtig ist und du ihre Erlaubnis nicht für selbstverständlich hältst. Das stimmt sie großzügiger.

5. Dreh den Spieß rum!

Du kannst dir gar nicht vorstellen, was deine Eltern für Augen machen, wenn du dich plötzlich genau anders verhältst, als sie das von dir gewöhnt sind. Das ist ein Vorteil, der nur allzu oft unterschätzt wird. Wenn ihr euch wieder einmal wegen der gleichen Sache in den Haaren liegt: Schrei nicht rum, lauf nicht weg, zieh dich nicht beleidigt zurück! Würdest du normalerweise einen Tobsuchtsanfall bekommen, weil du schnell für deine Mutter eine Kleinigkeit aus dem Supermarkt holen sollst, antworte einfach ganz gelassen mit einem: »Na logo, was brauchst du denn?« Sie wird Bauklötze staunen und beim nächsten Gefallen, um den du sie bittest, ganz anders reagieren. Falls es doch nicht ganz so leicht ist: Bleib ruhig sitzen und erklär so cool wie möglich deine Position! Wenn deine Eltern das Gespräch abwürgen wollen, sag ihnen, dass du eigentlich schon von ihnen erwartest, das Thema hier und jetzt auszudiskutieren. Vielleicht erreichst du dein Ziel nicht gleich beim ersten Mal, aber du wirst sie mit deiner Haltung überraschen. Denn auf einmal spüren sie, dass du erwachsener wirst und sie dich nicht wie ein kleines Kind abspeisen können. Du entwickelst dich zu einem wirklich ernstzunehmenden Verhandlungspartner! Die Folge: Du erreichst mehr Zugeständnisse.

6. Such dir Verbündete!

Manchmal nützt auch das schönste Reden nicht. Sollten deine Eltern wieder bei einer echt wichtigen Sache auf stur schalten, dann such dir Hilfe! Gut geeignet sind zum Beispiel ein paar Jahre ältere Geschwister. Solltest du keine haben, suchst du dir am besten eine erwachsene Person, der sowohl du als auch deine Eltern vertrauen. Das können ein Onkel oder eine Tante sein, aber auch eine gute Bekannte deiner Eltern. Wichtig ist, dass deine Eltern deinen Verbündeten und seine Meinung respektieren. Ideal ist deshalb jemand, der beide Seiten versteht und gut vermitteln kann. Setzt euch zusammen und versucht, einen Kompromiss zu finden! Das klappt fast immer.

7. Bleib hartnäckig!

Versuchen dich deine Eltern mit Ausreden zu vertrösten, sag ihnen, dass du das nicht hinnehmen wirst. Mach selbst Vorschläge, wann ihr euch zusammensetzen könnt. Morgen Abend? Am Samstag nach dem Frühstück? Das Gute daran ist, dass deine Eltern gleich merken, dass es dir wirklich wichtig ist.

KOSMOS GEFÜHLE

Wo die Extreme herrschen

Die Pubertät ist ein Komplettprogramm für Body und Soul. Nicht nur rein äußerlich veränderst du dich, auch in deinem Inneren werden die Codes neu eingestellt. Dabei gleicht deine Gefühlswelt einem Minenfeld. Ein falsches Wort, ein falscher Blick und schon bricht das Chaos aus. Schuld daran sind wie immer die Hormone. Mit ein paar einfachen Tricks und Kniffen bist du schnell wieder Boss über die Höhen und Tiefen geballter Emotionen.

ICH SEHE WAS, WAS DU NICHT SIEHST

Der winzig kleine Pickel auf der Nase wirkt in deinen Augen wie der Mount Everest, deine Hose beult sich immer sofort, wenn du nur an das süße Mädchen drei Reihen vor dir denkst und irgendwie findest du, dass dein Bauch zu fett ist, während deine Arme völlig resistent gegen Muskeln zu sein scheinen.

Was dich stresst, ist einerseits die Tatsache, dass dein Körper noch auf der Suche nach seiner Topform ist. Dabei kann es während der Pubertät tatsächlich dazu kommen, dass alles etwas unterschiedlich wächst. So trägst du vielleicht eine größere Schuhgröße als dein Vater, Hosen aus der Kinderabteilung sind dir aber immer noch zu lang. Irgendwie stimmen die Proportionen noch nicht, oft hast du aber auch einfach nur einen Knick in der Optik, der deine persönliche Wahrnehmung verzerrt. Das liegt daran, dass du dich erst an deine äußerlichen Veränderungen gewöhnen musst, innerlich aber so labil und sensibel bist, dass genau das dir schwerfällt. Oft genug wünschst du dich deshalb in die Haut des einstigen kleinen Jungen zurück, der sich mit diesem ganzen Kram nicht beschäftigen musste. Gleichzeitig hast du Idealvorstellungen entwickelt, wie du gern aussehen möchtest. Dabei hilft leider nur Geduld, schließlich war selbst Johnny Depp als pubertierender Teenie so weit weg vom Filmstar wie Indien von Grönland.

Body-Mass-Index

Nicht nur Mädchen, auch Jungs werden immer häufiger magersüchtig. Ob du zu viele Kilos auf den Knochen hast, völlig normalgewichtig bist oder sogar zu wenig wiegst, verrät dir einzig und allein der Body-Mass-Index, kurz BMI. Du kannst deinen BMI mit folgender Formel berechnen:

Gewicht : **Körpergröße²**
(in Kilogramm) (in Meter)

Im Internet gibt es eine Reihe von BMI-Rechnern, bei denen du dich auf Knopfdruck über dein Gewicht informieren kannst. Liegt dein BMI zwischen 18,5 und 25, bist du normalgewichtig, liegt der BMI darüber oder darunter, bist du über- oder untergewichtig.

WENN ALLES VOLLER SCHWARZER WOLKEN HÄNGT

Aufregend, spannend, richtig cool: Eigentlich solltest du der Meinung sein, dass die Pubertät eine richtig scharfe Angelegenheit ist, die man trotz der schönen Nebenwirkungen locker wegstecken kann: Schließlich lockt ja die Freiheit des Erwachsenseins. Doch wenn Hormone außer Kontrolle geraten, richten sie nicht nur äußerlich ein Chaos an, sie schaffen es auch, dich innerlich in ein schwarzes Loch nach dem anderen zu stürzen. Das Leben ist grausam? Nein, denn Land ist auch beim heftigsten Durchhänger immer wieder in Sicht.

Keiner versteht mich!

Normalerweise sind es deine Eltern, die ständig auf dich einreden, doch mal ein bisschen was von deiner Gefühlswelt preiszugeben. Und wenn du dann wirklich reden willst, hat dein Vater ein dringendes Meeting und deine Mutter ein Date mit ihrer besten Freundin. Na klar, keiner checkt, dass es dir zurzeit nicht besonders gut geht und keiner scheint sich wirklich für dich zu interessieren. Damit liegst du falsch, was du wahrscheinlich tief in deinem Innersten weißt. Du hast nur gerade besonders blöde Momente erwischt, in denen die Personen, denen du am meisten vertraust, mit ihrem eigenen Kram beschäftigt sind. Lass dich von diesem Gefühl nicht runterziehen. Statt einsam in die Kissen zu weinen und dich selbst zu bedauern, weil dich niemand versteht, gibt es jede Menge Ansprechpartner, die garantiert ein offenes Ohr für deine Probleme haben. Hier findest du seriöse Hilfe und Verständnis:

Nummer gegen Kummer:
Unter der Telefonnummer 0800-1110333 findest du montags bis freitags von 15 bis 19 Uhr einen Ansprechpartner, der dir einfach nur zuhört oder dich berät, wenn du Sorgen hast. Der Anruf ist kostenlos und du kannst dabei anonym bleiben. Jeden Samstag erreichst du unter der gleichen Nummer von 14 bis 18 Uhr übrigens Jugendliche, die nur für dich da sind und sich garantiert in deine Situation versetzen können.

Kummerkästen:
Die Berater und Beraterinnen bei den großen Jugendzeitschriften nehmen nicht nur ihren Job, sondern vor allem dich und deine Nöte absolut ernst. Ein Anruf kostet die ganz normalen Telefongebühren.

Seelsorge:
Wenn deine Gedanken über Gott und die Welt dich belasten, kannst du dir auch Hilfe beim ökumenischen Kummernetz holen. Bei der Internetberatung gibt es einen eigenen Bereich für Jugendliche; diese Beratung wird vom Bistum Würzburg gefördert. Neben einem persönlichen Gedankenaustausch hast du auch die Möglichkeit, mit anderen Jugendlichen zu chatten.

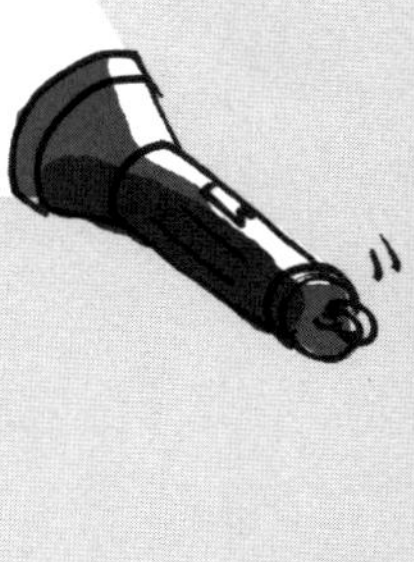

Internet:
Vielen Jugendlichen fällt es schwer, am Telefon Fremden zu erklären, was sie bedrückt. Die Arbeitsgemeinschaft der Nummer gegen Kummer, die auch das Kinder- und Jugendtelefon betreut, bietet deshalb gemeinsam mit dem KIKA-Kummerkasten des Kinderkanals eine Internetplattform an. Hier kannst du dich ganz nach Laune ausheulen, austoben oder dir einfach ein paar Streicheleinheiten für deine Seele abholen. Mehr Infos unter www.kummerkasten.kika.de. Eine E-Mail-Beratung findest du auch unter www.youth-life-line.de. Die Experten dort sind besonders fit bei Themen wie Selbstmord, Essstörungen oder Mobbing. Das Angebot stammt vom Arbeitskreis Leben e.V. in Reutlingen und wird von der Landesstiftung Baden-Württemberg gefördert.

Jugendsprechstunden:
Viele Kirchen, die Caritas oder auch die Jugendzentren in deinem Wohnort bieten spezielle Sprechstunden für Jugendliche an. Vorteil: Sie können dich im Notfall an entsprechende Experten oder andere Beratungsstellen in deiner Nähe weitervermitteln. Keine Angst: Es erfährt niemand von deinem Besuch in der Jugendsprechstunde. Die Mitarbeiter sind genau wie Ärzte an ihre Schweigepflicht gebunden.

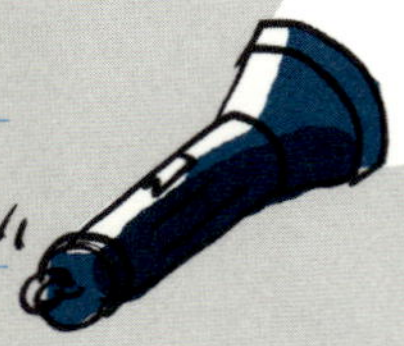

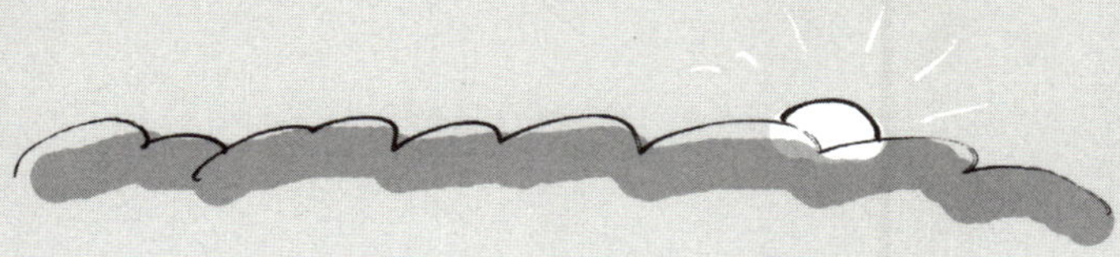

Raus aus Kummerland

Keiner mag dich, die ganze Welt ist schlecht zu dir! Es ist okay, wenn du keine Lust hast, dich woanders auszuweinen. Selbstmitleid ist ein einsames Solo, das zur Pubertät gehört wie Stollen zum Fußballschuh. In diesen Augenblicken ist es produktiver, eine weiße Wand zu besprechen als dir Ratschläge zu geben. Aber keine Panik: Was sich wie ein exzentrischer Ego-Trip anhört, finden Experten völlig in Ordnung. Der amerikanische Psychologe John Gardner bezeichnet Selbstmitleid als Betäubungsmittel, das dir einfach gut tut, wenn du das Leben mal wieder voll ungerecht findest. Wer nämlich Mitleid mit sich selbst hat, kann besser mit negativen Erlebnissen umgehen als Menschen, die nur so vor Selbstbewusstsein strotzen. Das hat eine Studie der amerikanischen Wake Forest Universität in Winston-Salem ergeben. Selbstbewusstsein bedeutet, ein gutes Gefühl sich selbst gegenüber zu haben. Selbstmitleid bedeutet aber auch, zu sich selbst liebevoll, herzlich und mitfühlend zu sein. Und genau das brauchst du hin und wieder, wenn dich sonst keiner verstehen will oder kann.

Aber: Wer andauernd jammert, wird in seinem Kummer irgendwann nicht mehr ernst genommen. Im schlimmsten Fall wenden sich deine Freunde ganz ab, weil sie sich von dir nicht mit runterziehen lassen wollen. Sobald du dich ordentlich in deinem Elend ausgetobt hast, sollte dein Gespür für die Wirklichkeit wieder Oberhand gewinnen. Triff dich mit deinen Kumpels und lach wieder mit ihnen oder räum die Spülmaschine freiwillig aus, um deinen Eltern zu signalisieren: Die Welt ist wieder in Ordnung. Das ist der ideale Augenblick, dich vom angeblichen Schicksal nicht länger fernsteuern zu lassen.

10 FIXE IDEEN FÜR BESSERE LAUNE

1. Raus an die frische Luft und beim Joggen, Kicken oder Biken ordentlich durchatmen. Das sorgt für frischen Wind in deinen Gedanken und Gefühlen.
2. Die *Nummer gegen Kummer* anrufen. Dort hört man nur dir zu und du kannst dich völlig anonym mal ganz ehrlich ausweinen.
3. Deinen Bruder beim Pokern richtig abzocken. Ist zwar fies, bringt dir aber auf die Schnelle ein Erfolgsgefühl.
4. MP3-Player auf die Ohren und den Song, bei dem deine Mutter ständig Schreikrämpfe kriegt, voll laut hören.
5. Zehn Folgen von *Mr Bean* oder deine Lieblings-Komödie in den DVD-Player legen. Humor bringt dich schnell wieder auf die leichte Seite des Lebens.
6. Ein großes Blatt Papier gelb ausmalen. Gelb ist die Farbe der guten Laune.
7. Eine ganze Tafel Schokolade mampfen. Sie steckt voll mit dem Happy-Hormon Endorphin.
8. Taschengeld zusammenkratzen und auf Shopping-Tour gehen. Ein neues Shirt oder eine neue CD wirken Wunder für deine Seele.
9. Einen Weblog einrichten und deinen ganzen Kummer von der Seele schreiben. Das wirkt, als hätte die Psycho-Müllabfuhr deinen ganzen Ballast abgekarrt.
10. Deine Carrerabahn vom Dachboden holen. Das macht mal wieder so richtig Spaß und fühlt sich so gut an wie die Zeiten, als du noch ein kleiner Junge warst.

10 TRICKS, WIE DU ERREICHST, WAS DU WILLST: RICHTIG COOL SEIN UND TROTZDEM KEIN PROLL WERDEN!

1. Deine Banknachbarin nicht mit »Baby«, sondern vielleicht mal mit »Lady« ansprechen.
2. Wenn du über dich selbst lachen kannst, wirkst du viel anziehender auf Mädchen.
3. Je weniger Gel du in den Haaren hast, desto cooler bist du.
4. Mach nicht den Fehler, jemanden in einer Wolke aus Deo oder Aftershave zu ersticken.
5. Versuch, Mädchen in die Augen und nicht nur auf die Brüste zu schauen.
6. Gesten, die Desinteresse oder Langeweile signalisieren, machen dich selbst langweilig!
7. Sei nicht übertrieben freundlich – das ist unglaubwürdig.
8. Ein Skateboard unterm Arm mit in die Schule zu nehmen ist cool. Die ganze Zeit in den Gängen darauf rumzufahren ist ziemlich angeberisch.
9. In der Sonne braun werden, anstatt sich ins Solarium zu legen.
10. Sich auch mal für einen Fehler entschuldigen.

LIEBE UND FREUND-SCHAFT

Ein Geschenk der Pubertät

Auch vor deinen bisherigen Freunden macht die Gefühlsachterbahn nicht halt, und so kann es schon sein, dass dir dein Sandkastenfreund plötzlich gar nicht mehr cool erscheint und eure – bisher fast deckungsgleichen – Ideen und Unternehmungen plötzlich Lichtjahre voneinander entfernt sind. Außerdem fängst du an, dich für das süße Girl aus der Nachbarklasse zu interessieren? Super, denn jetzt geht es wirklich ab. Das ist voll das Leben.

FREUNDE – DAS BESTE AUF DER WELT

Stress dich nicht, wenn zwischen dir und deinem besten Kumpel plötzlich alles anders ist. Das passiert ziemlich oft, wenn ihr etwa die Schule wechselt und nicht mehr in die gleiche Klasse geht. Oder wenn einer von euch lieber Basketball spielt, während der andere am liebsten auf dem Fußballplatz steht. Es gibt Millionen Gründe, die beste Freunde kurzfristig mal trennen können. Über kurz oder lang lauft ihr euch aber garantiert wieder über den Weg.

Mach ruhig mal Pause

Nutz deshalb eine kleine Kumpelpause, um neue Leute kennenzulernen. Denn selbst, wenn jeder von euch in anderen Cliquen unterwegs ist, braucht ihr beim Wiedersehen kein langes Warming-up, um die vertrauten Gefühle der Vergangenheit wieder herzustellen. Sich Freunde aus Kindertagen zu bewahren ist ein bisschen so, wie nach einem Date nach Hause zu kommen. Du musst dich nicht groß erklären und dein Kumpel kann deine Probleme sofort in das richtige Umfeld einordnen und mit längst Vergangenem in Verbindung bringen. Deshalb solltest du dich bei allem Neuen ruhig immer wieder auf das Alte besinnen und pausierende Freundschaften mit kleinen Kicks auf dem Laufenden halten.

So funktioniert's:

- Denk an seinen Geburtstag: Ein kleines Kommando für deinen Timer oder ein Eintrag im Kalender, mehr Mühe kostet das nicht. Aber du erreichst total viel damit. Und du kannst die Gelegenheit nutzen, mal wieder eine Verabredung mit ihm zu treffen.
- Du hast in der Zeitung gelesen, dass seine Fußballmannschaft gewonnen hat. Schick ihm eine SMS mit einem kurzen Glückwunsch.
- Wenn du eine Party machst, vergiss ihn nicht auf deiner Gästeliste.
- Die angesagte Internetplattform »Lokalisten.de« ist perfekt, um kurz und schmerzlos zu checken, was aus alten Kumpels geworden ist. Sieh nach, ob du ihn unter den Usern findest und biete ihm deine Freundschaft an, um wieder Kontakt aufzunehmen. So könnt ihr euch ohne Stress regelmäßig austauschen und miteinander chatten.

Schwul oder cool?

Vielleicht kannst du dich ja noch gut an die Zeit erinnern, als du sicher warst, dass du deinen Sandkastenfreund mal heiraten willst. Ja, genau den! Nicht die große Schwester und auch nicht deine Mama. Du warst davon überzeugt, dass du dein Leben mit deinem besten Kumpel verbringen willst. Mit dem hattest du schließlich am meisten Spaß. Logisch, dass ihr euch deshalb auch wie selbstverständlich ein Küsschen gegeben habt oder Hand in Hand durch die Welt marschiert seid. Das tut man schließlich, wenn man jemanden lieb hat. Aber wahrscheinlich warst du da nicht älter als drei oder vier Jahre und somit waren dir die Normen des gesellschaftlichen Zusammenlebens völlig schnuppe. Doch während eure Mamas sich sicher köstlich über die kleine »Jungsliebe« amüsiert haben, waren es wahrscheinlich die Väter, die innerlich kurzatmig wurden. Deuten solche Gefühlsausbrüche etwa darauf hin, dass ihr kleiner Thronfolger eher auf andere Prinzen als auf Prinzessinnen abfahren könnte? Für heterosexuelle Männer, also jene, die sich zum weiblichen Geschlecht hingezogen fühlen, ist das eine echte Horrorvorstellung. Zwar hat sich die Toleranz Homosexuellen gegenüber, also jenen Menschen, die die gleichgeschlechtliche Liebe bevorzugen, im letzten Jahrzehnt deutlich erhöht. Trotzdem ist es nicht das, was sich Väter für ihre Söhne wünschen. Die meisten träumen weiterhin von harten Jungs und echten Kerlen, was auch immer darunter verstanden wird. Wobei es glücklicherweise kein Widerspruch mehr ist, dass man auch als »echter Kerl« Wäsche waschen, Hemden bügeln oder den Putzlappen schwingen kann. Was aber ab einem gewissen Alter gar nicht zu gehen scheint, ist, seinen Kumpel bei der Begrüßung zu umarmen, oder Arm in Arm mit ihm durch die City zu laufen. Oder ihn gar zu küssen, wenn man sich begegnet. Tust du es dennoch, musst du sicher nicht lange auf Sätze warten wie: »Hey, Alter, bist du jetzt schwul?« Dabei würden viele Jungs ihrem besten Freund nur zu gern auch mit gefühlvollen Gesten zeigen, dass sie ihn mögen. Und beneiden darum oft genug Mädchen, denen Zärtlichkeiten untereinander einfach so gestattet werden. Aber mach dir keinen Kopf, es gibt auch durchaus »männliche« Aktionen, die körperliche Nähe ermöglichen:

- Klopf deinem Kumpel freundschaftlich auf die Schulter, wenn du dich freust, ihn zu sehen.
- Klatscht euch ab, wenn ihr gemeinsam etwas erreicht habt und euch bei einem bestimmten Thema einig seid.
- Rauft ohne schlechtes Gewissen ab und zu miteinander. Das verschafft euch Körperkontakt und eure überschüssigen Energien werdet ihr gleichzeitig auch noch los.
- Wenn ihr zusammen Fußball oder einen anderen Mannschaftssport spielt: Umarmen ist erlaubt, wenn einer von euch einen Punkt für's Team geholt hat.

Kann ich mal 'nen neuen Kumpel haben?

Du bist umgezogen, hast die Schule gewechselt oder kommst gerade mit deinen alten Kumpels nicht mehr so gut klar? Neue Freunde kannst du bei allen möglichen und unmöglichen Gelegenheiten finden. In der Klasse, in der du jeden Tag mit etwa 25 Gleichaltrigen verbringst, ergeben sich Beziehungen wie von selbst. Ohne größere Anstrengung. Oder du triffst sie in deinem Viertel, vielleicht erst zufällig, dann quatscht ihr ein bisschen miteinander. So über den Zaun. Ohne großen Aufwand. Oder du bist in einem Verein, einer Jugendgruppe, in der Musikschule. Oder du lernst Leute beim Skaten oder Fahrradfahren, beim Tischtennisspielen im Park oder auf dem Fußballplatz kennen. Und nicht zuletzt natürlich immer öfter im Internet. Praktische Helfer sind die Lokalisten. Bei ihrer Internetplattform meldest du dich mit deiner »Homebase« an, du ordnest dich also einer bestimmten Stadt zu, in der du wohnst oder in deren Nähe du lebst. Die Lokalisten-Regeln sowie die Struktur des Netzwerks machen es leicht, Kumpels sozusagen um die Ecke zu finden. Aber Achtung: Auch hier gilt, dass du keine vollständigen Namen, keine Telefonnummern und keine Adresse angeben solltest.

Von virtuellen Freunden und anderen Fakes

Im Gegensatz zu den Lokalisten, wo es noch am ehrlichsten zugeht, weil sich hier Jungs und Mädchen aus deiner unmittelbaren Umgebung im Netz treffen, arbeiten andere Foren oder Chats weniger aufrichtig. In der meist eher anonymen Welt des Internets ist es ein Leichtes, sich zu einer anderen Person zu machen oder sich hinter einem besonders coolen Nickname zu verstecken. Das macht sicher manchmal Spaß, aber andere können natürlich auch, was du kannst. Vertrau deshalb nicht zu sehr auf die Angaben, die dir unbekannte Chatter über ihr Äußeres oder ihr Alter machen. Das könnte letztendlich alles gefakt sein. Besser sind immer noch reale Freunde. Da weißt du, was du hast – auch wenn ihr euch zusätzlich zu echten Verabredungen im Internet trefft.

Aber auch in der wirklichen Welt gibt es vermeintliche Freunde, die es nicht so ganz gut mit dir und wohl auch nicht mit sich selbst meinen. Das Thema Drogen und Alkohol gehört leider zur Pubertät dazu. Und es gibt immer wieder Cliquen, deren einziger Zusammenhalt darin besteht, sich zu bekiffen, zu besaufen oder anderweitig zu berauschen. Natürlich stehst du nicht gleich vor dem großen Absturz, wenn du mal eine Zigarette probierst, an einem Joint ziehst oder testest, wie ein Bier schmeckt. Während Rauchen aber inzwischen fast schon uncool ist und Zigaretten für Jugendliche kaum noch zu finanzieren sind, gilt das für Drogen wie Hasch und Marihuana oder Alkohol nicht. Noch gibt es genügend Discos, in denen das Bier billiger ist als eine Cola. Und ein Joint kostet meist weniger als das Bier. Zwar ist es tatsächlich oftmals reizvoll, während der Pubertät einfach mal in eine andere Welt abzutauchen und sich ordentlich zu berauschen. Aber Stress kannst du viel besser abbauen – zum Beispiel mit Sport, bei dem sich dein Körper automatisch des überflüssigen Adrenalins entledigt. Oder mit einem angesagten Kinofilm, der dich für eineinhalb Stunden in eine völlig andere Welt beamt. Oder mit einem Playstation-Battle gegen deinen besten Kumpel, bei dem man das Gehirn mal völlig abschalten kann.

Wahrscheinlich hast du über die Gefahren von Drogen und Alkohol schon genug in der Schule gehört. Was aber nur wenige Jugendliche wissen, ist, dass Kiffen in der Pubertät Gehirnzellen unwiderbringlich zerstört, weil die dämpfende Wirkung der Droge den gigantischen Umbauprozess stört, der deinen Denkapparat gerade auf das Erwachsenwerden programmiert.
In Tierversuchen hat sich außerdem gezeigt, dass Aufmerksamkeit, Motivation und Kurzzeitgedächtnis beeinträchtigt werden. Die Folgen für die Entwicklung der Persönlichkeit während der Pubertät sind deshalb unabsehbar. Forscher haben außerdem nachgewiesen, dass psychische Krankheiten wie Depressionen eher bei Patienten auftreten, die in ihrer Jugend gekifft haben.
Weil das mitunter alles schwierig einzusehen ist, hier ein weiteres Argument gegen Drogen: Wer in seiner Jugend mit einem Joint oder anderen Rauschmitteln erwischt wird, darf seinen Führerschein erst nach dem Erhalt eines teuren psychologischen Gutachtens machen.

MANN, MICH HAT'S ERWISCHT

In ihrer Nähe benimmst du dich wie die berühmte Axt im Wald. Statt nett und freundlich zu sein, reißt du blöde Zoten oder machst sie einfach schräg von der Seite an. Dabei klopft dein Herz wie ein Dampfhammer. Merkwürdige Geschichte, aber genau das passiert, wenn du dich verknallt hast. In Wirklichkeit suchst du wie die Stecknadel im Heuhaufen nach Begegnungen mit ihr. Und eigentlich würdest du dich gerne von deiner Schokoladenseite zeigen, weil du sie unglaublich süß findest. Wie dir der Seitenwechsel garantiert gelingt, steht in diesem Kapitel.

Angelhilfen

Aber es gibt natürlich auch eine ganze Menge schöner Dinge, die die Psyche viel gesünder stressen und trotzdem berauschend sind. Denn irgendwann kommt der Zeitpunkt, wo du dich nicht mehr nur mit deinen Kumpels triffst, sondern auch Mädchen eure Clique entern. Denn mit der Pubertät erwacht das Interesse an Liebe und Sex. Das ist so sicher wie Ostern im Frühling. Um aber an ein Mädchen ranzukommen, brauchst du ein gewisses Warm-up. Hier gibt's die Regeln für die Formel Flirt:

Das Timing
Gefühle haben es immer ziemlich eilig. Es dauert genau 15 Sekunden, um zu entscheiden, ob du mit jemandem Kontakt aufnehmen willst oder nicht.

Der Check
Ob blond oder braun, lange oder kurze Haare, üppige Kurven oder eher Hungerhaken – deine Vorliebe für einen bestimmten Mädchentyp hast du schnell raus, indem du die Girls immer wieder miteinander vergleichst und nach Ähnlichkeiten unter deinen Favoritinnen suchst. Speichere dein Beuteschema irgendwo ganz vorne im Hirn ab, damit du auf einer Party oder in der Disco schnell deine Traumfrau erkennst.

Die Einführungsrunde
Augen auf und Blickkontakt herstellen. Möglichst mit einem netten Lächeln. Lass ihr 90 Sekunden Zeit, denn so lange benötigt sie, um zu erkennen, dass du mit ihr flirten willst, um dich entsprechend abzuchecken und zu entscheiden, ob sie sich auf dich einlassen möchte.

Der Boxenstopp

Ihr seid ins Gespräch gekommen? Super, denn jetzt kannst du kurz Luft holen. Wenn sie von sich erzählt, lächle sie an und frage ruhig nach. Damit signalisierst du dein Interesse. Lass auch deine Hände sprechen. Aber nicht gleich angrapschen! Berühre sie rein zufällig leicht am Arm oder streife ihr kurz über die Schulter. Dadurch lässt du sie spüren, dass sie dir gefällt.

Die Zieleinfahrt

Habt ihr die ersten Love-Checks überstanden, frag sie ruhig, ob du sie nach der Party, der Disco oder dem Sport-Event nach Hause bringen darfst. Wenn du dich traust, kannst du ihr dabei sogar deinen ersten Kuss geben. Und ihr am nächsten Morgen eine SMS schicken, um ihr zu sagen, wie nett du die Zeit mit ihr gefunden hast.

So liebst du richtig: Junge oder Mädchen?

Nicht bei jedem Jungen ist es ein Mädchen, das für Herzklopfen sorgt. Denn wenn Männer Männer lieben, werden sie sich schon als Jungs in Jungs verknallt haben. Die sexuelle Orientierung ist bereits im frühesten Kindesalter festgelegt. Es gibt Studien, die die Entscheidung über Homosexualität oder Heterosexualität anhand der Gene nachweisen können. Das heißt, dass dein innerer Bauplan deinen Gefühlen die Anleitung gibt, ob du beim Anblick eines süßen Mädchens oder eines süßen Jungen weiche Knie bekommst. Gleichzeitig ist es bei kleinen Kindern genauso wie in der Pubertät normal, dass es Phasen gibt, in denen man sich unabhängig von seiner sexuellen Ausrichtung zum eigenen Geschlecht hingezogen fühlt. Das dient der Orientierung für die Entwicklung der eigenen Persönlichkeit und ist völlig okay. Mädchen können damit häufig sehr viel lockerer um-

gehen als Jungs. Sie haben nicht einmal ein komisches Gefühl dabei, mit ihrer besten Freundin Zungenküsse zu üben oder sich auch in den Armen zu halten und zu streicheln. Umfragen von großen Jugendzeitschriften haben ergeben, dass es nicht wenige Mädchen gibt, die ihr erstes richtiges sexuelles Erlebnis mit einem anderen Mädchen gehabt haben. Für Jungs ist das unvorstellbar. Sie »üben« auf andere Weise. Denn beim Wettpinkeln oder unter der Dusche nach dem Sport ergeben sich absolut gute Gelegenheiten, mal beim Nachbarn zu checken, in welcher Form sein bestes Stück ist. Normal ist auch, andere Jungs wegen ihres coolen Aussehens oder ihrer coolen Art zu bewundern. Selbst der Wunsch, mit dem besten Freund zu schmusen, ist kein Zeichen dafür, dass du homosexuell bist. Diese Feststellung machen die meisten jungen Männer und Frauen erst ziemlich am Ende der Pubertät. Denn dann haben sie bereits genügend Erfahrungen gesammelt, um ihre wirklichen Neigungen zu erkennen.

Die Tatsache, dass jemand homosexuell ist, heißt glücklicherweise für niemanden mehr, sich verstecken zu müssen. Im Gegenteil: Es gibt immer mehr Promis, die sich zu ihrer Homosexualität öffentlich bekennen – wie die Politiker Ole von Beust, Guido Westerwelle oder Klaus Wowereit. Oder wie Komiker Hape Kerkeling und Popstar George Michael. Es gibt aber auch immer mehr Promis, die gar keine Lust mehr haben, sich in eine Homo- oder Hetero-Schublade quetschen zu lassen. Ob blond, ob braun, ob Mann, ob Frau ist Superstar Robbie Williams genauso egal wie Latino-Held Ricky Martin oder dem Deutschland-sucht-den-Superstar-2007 Mark Medlock.

Wenn du mehr wissen willst: Im Internet findest du eine Menge Infos über Homosexualität. Deine Fragen dazu kannst du im moderierten Forum Boypoint.de anonym loswerden. Der Berliner *Keks* berichtet auf seiner Homepage keks.de offen und ehrlich über sein Coming-out, also den Zeitpunkt, an dem er sicher war, dass er auf Männer und nicht auf Mädchen abfährt.

Keine Angst vorm Ende

Während der Pubertät legt deine Entwicklung den Turbo ein. Nie wieder wirst du dich auf dem Weg zu deiner Persönlichkeit so schnell fortbewegen, wie zwischen dem zehnten und dem 16. oder 17. Lebensjahr. Kein Wunder, dass dabei auch die Liebe nach den ersten schüchternen Erfahrungen schnell auf der Überholspur ist. Deshalb ist es in Ordnung, wenn du gestern noch unsterblich verknallt in das eine Mädchen warst und heute bereits die nächste Traumfrau entdeckst. Sinn macht der fliegende Wechsel deshalb, weil du daraus letztendlich das Puzzle deiner ganz persönlichen Mrs Right zusammensetzt. Verknallst du dich also besonders oft, ist die Chance, später auf die Richtige zu treffen, besonders hoch. Überfordern solltest du dich mit den Mädels dennoch nicht. Sich verknallen heißt nicht automatisch, das ganze Liebesprogramm durchziehen zu müssen. Manchmal reicht es schon, sich nur in der Fantasie zu verlieben. Dadurch gibst du auch solchen Kandidatinnen eine Chance, Teil deines Puzzles zu werden, die derzeit für dich nicht wirklich erreichbar sind.

DAS DICKE ENDE?

Auch wenn sich der ganze Stress um die Entwicklung noch wie der Himalaja vor dir auftürmen sollte: Ein Ende ist in Sicht. Spätestens mit deiner Volljährigkeit bist du die Pubertät los. Den Kopf in den Sand stecken bringt dich nicht weiter. Wohl aber die besten coolen Sprüche, mit denen du in deiner Klasse Eindruck schinden kannst.

»Und, was hast du Schlaumeier so für Macken?!?« Das ist der beste Konter, wenn dir mal einer richtig blöd kommt.

»Wo ist die Kette?« – »Welche?« – »Mit der ich dich durch den Dreck gezogen habe!« Auch damit kannst du einen Angeber richtig aus der Reserve locken.

»Was ist klein und grün und sitzt in deinem Kopf?« – »Keine Ahnung.« – »Ein Gehirnfresser. Und was macht er dort?« – »Weiß nicht.« – »Verhungern!«

Wenn du gerade deine Hausaufgaben abgibst: »Das ist ein festlicher Akt, deshalb bitte ich alle, sich zu erheben und sich vor mir zu verbeugen!!«

Ein Klassiker, der immer zieht: »Einstein ist tot, Newton ist tot und mir geht's auch schon ganz schlecht!!«

Nett im Netz – coole Adressen

www.familienhandbuch.de
»Pubertät oder Eltern sind peinlich« heißt ein Artikel im Online-Familienhandbuch über heranwachsende Kinder. Gemacht ist die Site zwar für Erwachsene, es ist aber tierisch spannend zu sehen, aus welchem Blickwinkel Eltern die Pubertät betrachten.

www.boyng.de
Trotz irreführenden Titels finden Jungs *und* Mädchen auf dieser Seite Antworten auf tausend Fragen, die sie sich während der Pubertät kaum zu stellen trauen. Jugendtherapeuten und Psychologen antworten kostenlos auf deine Sorgen oder helfen dir dabei, dich selbst zu verstehen.

www.myproblems.de
Das ist ein grafisch wenig ansprechendes, vom Prinzip her aber sehr gut gemachtes Internetforum. Du möchtest mit anderen Leuten über Probleme in Sachen Familie, Liebe oder Schule diskutieren – hier bist du richtig!

www.kids-hotline.de
Wenn deine Welt mal wieder kopfstehen sollte: Die Kids-Hotline richtet sich an Kinder und Jugendliche bis 21 Jahre. Erfahrene Mitarbeiter beraten kostenlos im Chat, in Foren und auch ganz persönlich.